ポールと小鳥

朝倉勇

ポールと小鳥《ことり》

装幀・絵　安野光雅

1

二《ふた》つの国《くに》のあいだには、いくたびも戦《いくさ》がありました。

ポールの父《ちち》ジャン・ランパルは、働《はたら》きものの農夫《のうふ》でした。しかし、戦《いくさ》がはじまり敵《てき》の軍隊《ぐんたい》が攻《せ》めてくると、祖国《そこく》と村《むら》をまもるために義勇兵《ぎゆうへい》として出征《しゅっせい》して行《い》きました。そして、戦場《せんじょう》で脚《あし》を撃《う》たれてしまいました。軍《ぐん》の病院《びょういん》で手当《てあて》を受《う》けましたが、村《むら》に帰《かえ》ってくるときには松葉杖《まつばづえ》をついていました。

それでもジャンは、杖《つえ》をつきながら不自由《ふじゆう》なからだで畑《はたけ》に出《で》て、また働《はたら》きました。けれども、脚《あし》の傷《きず》はとても重《おも》かったのでしょう。次《つぎ》の年《とし》の半《なか》ばに、とうとうその傷《きず》が元《もと》で亡《な》くなってしまいました。

次《つぎ》の戦《いくさ》では兄《あに》のフィリップが召集《しょうしゅう》され、はげしい戦《たたか》いの末《すえ》に戦死《せんし》してしまいました。兄《あに》は笛《ふえ》がうまかったので、鼓笛隊《こてきたい》に入《い》れられていました。鼓笛隊《こてきたい》は戦《いくさ》の最前線《さいぜんせん》に出《で》て、笛《ふえ》を吹《ふ》き太鼓《たいこ》をたたく役目《やくめ》を命《めい》じられるのです。

笛《ふえ》は、戦場《せんじょう》では将軍《しょうぐん》の命令《めいれい》を兵士《へいし》たちに伝《つた》える大事《だいじ》な役目《やくめ》をします。そこで敵《てき》からねらわれます。敵兵《てきへい》からたくさんの銃撃《じゅうげき》を受《う》け、戦死《せんし》してしまったのです。そのうえ、戦《いくさ》はポールの国《くに》が負《ま》け、国《くに》の大切《たいせつ》な土地《とち》を取《と》られてしまいました。

村《むら》からは兄《あに》の活躍《かつやく》をたたえる賞状《しょうじょう》と、戦死《せんし》をいたむわずかな見舞《みま》いのお金《かね》が届《とど》きました。

ランパルの家《いえ》は、ポールと、おじいさんのダニエルと、おばあさんのマリーと、お母《かあ》さんのクリスティーヌの四人《よにん》暮《ぐ》らしになりました。

ランパルの家《いえ》では大《おお》がかりな畑仕事《はたけしごと》をあきらめました。働《はたら》き手《て》の男《おとこ》の人《ひと》がいないと、畑仕事《はたけしごと》はむずかしいのです。お母《かあ》さんとおじいさんとおばあさんは、相談《そうだん》をして、ガチョウを飼《か》うことにしました。ガチョウの肝《きも》でつくるフォアグラを売《う》って、暮《く》らそうと考《かんが》えたのです。ガチョウの世話《せわ》はたいへんですが、よいフォアグラがとれればいいお金《かね》になるのです。それから、乳《ちち》をしぼるための山羊《やぎ》が五匹《ごひき》ほどいます。

ポールは学校《がっこう》から帰《かえ》ると、おじいさんやおばあさんやお母《かあ》さんの手伝《てつだ》いをします。家《いえ》のまわりの少《すこ》しばかりの畑《はたけ》には野菜《やさい》が植《う》わっています。ガチョウとニワトリは、ひるまは小屋《こや》から出《だ》して庭《にわ》や家《いえ》のまわりで放《はな》し飼《が》いにしています。ニワトリは、まいあさ卵《たまご》を産《う》んでくれます。それから、山羊《やぎ》。この山羊《やぎ》は兄《にい》さんのフィリップが世話《せわ》をしていたのです。山羊《やぎ》の乳《ちち》はとてもよい飲《の》みものでしたし、シェーブルという白《しろ》いチーズができます。

ポールの友《とも》だちは、同級生《どうきゅうせい》のルイと、犬《いぬ》のジョワジョワと、小鳥《ことり》のピルルです。ピルルは、ポールが兄《にい》さんのフィリップと裏《うら》の林《はやし》に落《お》ちていたヒナをひろって育《そだ》てた小鳥《ことり》でした。つばさにけがをしていましたが、フィリップとポールの世話《せわ》でそのけがもすっかり治《なお》りました。フィリップとポールは元気《げんき》になったピルルを、林《はやし》に返《かえ》してやりましたが、ピルルは二人《ふたり》の近《ちか》くからはなれようとしませんでした。そこで二人《ふたり》は、ピルルを飼《か》うことにしたのです。

いままではピルルはポールにとてもよくなれて、大《だい》の仲良《なかよ》しになりました。籠《かご》から出《だ》してやると、ポールの肩《かた》や頭《あたま》にとまって、どこにでもついていくようになりました。

おじいさんのダニエルは、若《わか》いころから笛《ふえ》が上手《じょうず》でした。兄《あに》のフィリップとポールが小《ちい》さいころから、よく笛《ふえ》を吹《ふ》いて聞《き》かせました。そのうち、兄《あに》のフィリップが笛《ふえ》を覚《おぼ》え、やがてポールも笛《ふえ》を吹《ふ》くことができるようになりました。

兄《あに》が飼《か》っていた山羊《やぎ》を、いまはポールが世話《せわ》をしています。まいにち、裏《うら》の林《はやし》に連《つ》れていって草《くさ》を食《た》べさせたり、小川《おがわ》で水《みず》を飲《の》ませます。くしで毛並《けな》みをそろえてやると、山羊《やぎ》はとても喜《よろこ》びます。おばあさんとお母《かあ》さんは山羊《やぎ》の乳《ちち》をしぼります。それから、二人《ふたり》はそのまっ白《しろ》い乳《ちち》から山羊《やぎ》のチーズのシェーブルをつくります。シェーブルはまっ白《しろ》いチーズです。よくできたシェーブルは、牛《うし》の乳《ちち》からつくるふつうのチーズよりもよい値段《ねだん》で売《う》れるのです。

ポールが山羊《やぎ》を連《つ》れて林《はやし》に行《い》くときは、小鳥《ことり》のピルルはいつもポールの肩《かた》にとまっていっしょでした。犬《いぬ》のジョワジョワも、いつもいっしょです。ときどきは、友《とも》だちのルイもいっしょでした。林《はやし》につくと、山羊《やぎ》を木《き》につなぎます。そしてポールは切《き》り株《かぶ》に腰《こし》をおろし、笛《ふえ》をとりだして林《はやし》の中《なか》で吹《ふ》きました。笛《ふえ》の音《ね》は木《き》の梢《こずえ》を通《とお》りぬけ、少《すこ》し低《ひく》い草地《くさち》のほうに流《なが》れていきました。その先《さき》には小川《おがわ》が光《ひか》っています。

ピルルは、ポールの笛《ふえ》に合《あ》わせるようによくさえずります。こうして、日《ひ》がたつにつれてポールは笛《ふえ》がうまくなり、ピルルは歌《うた》がうまくなっていきました。

ピルルの歌《うた》は、まるでフルートかピッコロの音楽《おんがく》のように、とてもすてきなさえずりになるときがありました。

2

町《まち》がお祭《まつ》りをむかえました。村《むら》の人《ひと》たちはすこしよい身《み》なりをして、町《まち》のお祭《まつ》りに出《で》かけていきます。村《むら》の子《こ》どもたちにとって、そのお祭《まつ》りは一年《いちねん》でいちばんの楽《たの》しみでした。町《まち》のカテドラルの前《まえ》の広場《ひろば》にはたくさんの店《みせ》が並《なら》んで、町《まち》じゅうがとてもにぎやかです。

ポールはおじいさんのダニエルに連《つ》れられて、町《まち》にやってきました。ピルルはポールの肩《かた》にとまっています。友《とも》だちのルイと犬《いぬ》のジョワジョワも、いっしょでした。きれいな服《ふく》やスカーフやリボンを売《う》る店《みせ》の前《まえ》には、町《まち》の女《おんな》の人《ひと》にまじって村《むら》の女《おんな》の人《ひと》もおおぜい集《あつ》まって、気《き》に入《い》ったものがないかと迷《まよ》いながら選《えら》んでいます。男《おとこ》の人《ひと》は、しっかりした靴《くつ》を見《み》つけたり、農具《のうぐ》や大工道具《だいくどうぐ》、それに家具《かぐ》を売《う》る店《みせ》に集《あつ》まっています。

それからおいしそうなお菓子《かし》の店《みせ》では、お母《かあ》さんやお姉《ねえ》さんに手《て》を引《ひ》かれた子《こ》どもたちが、興奮《こうふん》してにぎやかに声《こえ》をあげています。町《まち》のお菓子屋《かしや》さんのつくるお菓《か》子《し》は、とてもきれいで魅力的《みりょくてき》でした。

おおぜいの人《ひと》が集《あつ》まっているところがあります。おじいさんとポールが近《ちか》づいてみると、それは鳥《とり》の歌合戦《うたがっせん》の集《あつ》まりでした。いちばんよい声《こえ》で、いちばんきれいな歌《うた》をうたった鳥《とり》の飼《か》い主《ぬし》に、ごほうびが出《で》るというのです。

たくさんの拍手《はくしゅ》をあびる鳥《とり》もいるし、少《すこ》ししか拍手《はくしゅ》のない鳥《とり》もいます。最後《さいご》に姿《すがた》のよい鳥《とり》を、得意《とくい》そうに籠《かご》からとりだした紳士《しんし》の番《ばん》になりました。美《うつく》しい鳥《とり》です。その鳥《とり》は、長《なが》くきれいな声《こえ》でさえずりました。やんやの拍手《はくしゅ》がおきました。審査長《しんさちょう》は、

「どうですか、みなさん。拍手《はくしゅ》の多《おお》さは、この鳥《とり》がいちばんのようでしたね」

「そうだ、そうだ」

と声《こえ》がかかりました。

「賛成《さんせい》。その鳥《とり》がいちばんだ」

別《べつ》のところからも声《こえ》があがりました。

審査長《しんさちょう》は二人《ふたり》の審査員《しんさいん》と短《みじか》くことばを交《か》わし、集《あつ》まった人《ひと》びとをぐるりと見《み》まわしていいました。

「ええ、それでは、みなさん。この美《うつく》しい鳥《とり》を、優勝《ゆうしょう》にすることにご異議《いぎ》ありませんか?」

「異議《いぎ》な~し」

「賛成《さんせい》」

という声《こえ》が起《お》こりました。

そのときです。ピルルが、とつぜんうたいはじめました。「あ、ピルル」とポールが思《おも》う間《ま》もなく、ピルルはポールの帽子《ぼうし》の上《うえ》にのってうたいます。いい声《こえ》です。メロディーは流《なが》れるように高《たか》く低《ひく》く、まるでソナチネの音楽《おんがく》のようです。長《なが》くうたいつづけて、終《お》わりました。ピルルがうたっている間《あいだ》、人《ひと》びとはシーンとなっています。みんな、ピルルの歌《うた》に聞《き》きほれてしまったのでしょう。

ピルルはうたい終《お》わると、ぴょんとポールの肩《かた》にもどりました。そのとき、いっせいに拍手《はくしゅ》がわき起《お》こりました。拍手《はくしゅ》はいつまでもつづきます。

「すごい！」

「まあ、なんてきれいな歌《うた》だったこと」

「こんなにうまくうたう鳥《とり》、見《み》たことないよ」

「わしもだ」

「あたしもよ」

「たいしたもんじゃな、坊《ぼう》や」

おどろきの声《こえ》があちこちから起《お》こりました。そして、また拍手《はくしゅ》が起《お》こりました。

「坊《ぼう》や、すてき。あなたの鳥《とり》がいちばんだわ」

と、ひとりの奥《おく》さんがいいました。するとみんなが、

「そうだ、そうだ」

「この鳥《とり》が優勝《ゆうしょう》だ」

「賛成《さんせい》、賛成《さんせい》！」

しかし、優勝者《ゆうしょうしゃ》に選《えら》ばれた紳士《しんし》と、その友人《ゆうじん》たちから反対《はんたい》の声《こえ》があがりました。その鳥《とり》には参加《さんか》の資格《しかく》がない、というのです。あらかじめ参加《さんか》の申《もう》し込《こ》みをした鳥《とり》と飼《か》い主《ぬし》だけが、歌合戦《うたがっせん》に出《で》られる。そういう規則《きそく》なのでした。だから、とつぜんの飛《と》び込《こ》みは認《みと》められない、というわけです。

その言《い》い分《ぶん》は、もっとものように聞《き》こえました。ところがこんどは、とりかこんでいる見物《けんぶつ》のお客《きゃく》さんたちが、声《こえ》をあげはじめました。

「いやいや、その子《こ》の鳥《とり》の歌《うた》がだんぜんよかったよ」

「でも、資格《しかく》がないんだからだめですよ」

と飼《か》い主《ぬし》の紳士《しんし》。

「もちろん、あなたの鳥《とり》もうまかった。けど、この子《こ》の鳥《とり》は、あんなにいい声《こえ》で、上手《じょうず》に長《なが》い歌《うた》をうたったじゃないですか」

「そうよ。私《わたし》たちみんな、こころから楽《たの》しませてもらったわ」

さわぎはだんだん大《おお》きくなりました。審査長《しんさちょう》と二人《ふたり》の審査員《しんさいん》はとても困《こま》っています。

「さあ、どうする、どうする」

と見物客《けんぶつきゃく》。

「子《こ》どもに勝《か》たせてやれ！」

というヤジもとびます。審査長《しんさちょう》たちはますます困《こま》ってしまいます。

「ぼく、いいです。ピルルが勝手《かって》にうたっただけなんだから」

とポールはいいました。

「そうはいかんぞ、坊《ぼう》や。こんなにみんながいい歌《うた》を聞《き》かせてもらったんだから」

「そうよ、そうよ。すてきな音楽《おんがく》だったわ」

お客《きゃく》さんたちは承知《しょうち》しません。おじいさんのダニエルが進《すす》み出《で》て、いいました。

「皆《みな》さん、ピルルの歌《うた》をほめてくださってありがとう。たいへんうれしく思《おも》います。しかし、私《わたし》たちはたまたま村《むら》からやってきたものです。孫《まご》のポールも私《わたし》も、鳥《とり》の歌《うた》合戦《がっせん》をはじめて見《み》せてもらい、楽《たの》しませてもらいました。それで十分《じゅうぶん》よい思《おも》い出《で》になりました。

私《わたし》たちは、こちらの紳士《しんし》がおっしゃるように、出場《しゅつじょう》の申《もう》し込《こ》みをいたしておりません。歌合戦《うたがっせん》に出《で》る資格《しかく》はないのです。よい思《おも》い出《で》だけで、孫《まご》も私《わたし》も満足《まんぞく》です。どうか、決《き》めごとどおりに審査《しんさ》をおすすめください。楽《たの》しいひとときをありがとう」

そういうと、おじいさんはポールの手《て》を引《ひ》いて立《た》ち去《さ》ろうとしました。見物客《けんぶつきゃく》たちは納得《なっとく》しません。

「それはそうだが、おじいさん。あんたのお孫《まご》さんの小鳥《ことり》は、最高《さいこう》の歌《うた》をうたったんだよ」

「そうよ。坊《ぼう》やの小鳥《ことり》にごほうびをあげてほしいわ」

そこへ、さわぎを聞《き》いた町《まち》の役人《やくにん》がかけつけてきました。審査員《しんさいん》たちは役人《やくにん》に事《じ》情《じょう》を話《はな》しました。役人《やくにん》たちは相談《そうだん》していましたが、やがてこういう提案《ていあん》をしました。

「皆《みな》さん、事情《じじょう》はよくわかりました。しかし、きょうの歌合戦《うたがっせん》はですね、この町《まち》の正式《せいしき》な行事《ぎょうじ》です。町《まち》の議会《ぎかい》でとりきめ、町長《ちょうちょう》が署名《しょめい》をしております。ですから町役《まちやく》場《ば》としては、やはり、決《き》めたルールに従《したが》いたく……」

「やぼなことというなよ、お役人《やくにん》！」

「そうよ、そんなのお役所仕事《やくしょしごと》よ」

「あの小鳥《ことり》の歌《うた》は、私《わたし》たちみんなが聞《き》いたのよ」

「そうとも。忘《わす》れがたいいい音楽《おんがく》じゃった」

などと、口《くち》ぐちに抗議《こうぎ》しはじめました。

「いや、皆《みな》さん。お待《ま》ちください。おねがいです。どうぞ、おしまいまで、私《わたし》たちの提案《ていあん》をきいてください」

「早《はや》くいえよ！」

「ですから、まず優勝《ゆうしょう》はこの紳士《しんし》の鳥《とり》に。そして、番外《ばんがい》の特別賞《とくべつしょう》としてですね、この坊《ぼう》やの小鳥《ことり》にもごほうびをさし上《あ》げたいと思《おも》うのです。いかがでしょうか、皆《みな》さん」

「ほう。特別賞《とくべつしょう》ね」

「それも悪《わる》くないか」

「最初《さいしょ》に、それをいえばいいいんだよ。お役人《やくにん》」

「いったい、特別賞《とくべつしょう》って、なにをこの坊《ぼう》やにあげるつもりなの？」

いろんな声《こえ》が、やつぎばやに役人《やくにん》と審査員《しんさいん》に向《む》けられます。

「なにしろとても急《きゅう》なことでして。残念《ざんねん》ながら、ここに用意《ようい》はできておりません。おりませんが、ただちに用意《ようい》をいたします。その、なんと申《もう》しましょうか。いちばん、この坊《ぼう》やたちの役《やく》にたつものが、よいと思《おも》いますが」

「あたりまえだよ」

「じれったいね、まったく」

「ですから、なにを、さしあげるつもりなの」

「そうだよ。それを聞《き》かなきゃ、安心《あんしん》できないね」

役人《やくにん》は汗《あせ》をかきながら説明《せつめい》をします。

「いや、お待《ま》ちください。この坊《ぼう》やの小鳥《ことり》がどのようなよい声《こえ》で、どのようによい歌《うた》をうたったかを、じつはですね、このわたくしはまだ聞《き》いていないのですよ」

「そりゃそうさ。あんたが来《き》たときには、うたい終《お》わっていたんだから」

「とんまなこと、いうなよ」

みんなが、どっと笑《わら》いました。

「ってことは、なにかい？　けっきょく、特別賞《とくべつしょう》なんて出《だ》さないつもりかい？」

するどくつめよる人《ひと》もいます。

「いえ、とんでもない。そうじゃありませんよ。まあ、お聞《き》きください。まず最初《さいしょ》にですね、わたくしは町長《ちょうちょう》にことの次第《しだい》を、正確《せいかく》に報告《ほうこく》する義務《ぎむ》がございます。公《こう》務員《むいん》ですからね、わたくしは」

「それで?」

「ですから……。ここはひとつ、この坊《ぼう》やと小鳥《ことり》におねがいをしたいのです。ちょっとで結構《けっこう》ですから、その声《こえ》と歌《うた》をわたくしにもお聞《き》かせねがいたい。とまあ、こういうわけでして……」

「おいおい、お役人《やくにん》さん。案外《あんがい》、しゃれたことというじゃないか」

「うれしいわ。もういちどあの小鳥《ことり》の歌《うた》が聞《き》けるなんて」

「あたくしも、それなら賛成《さんせい》ですわ」

見物客《けんぶつきゃく》はおおよろこび。もういちどピルルの歌《うた》が聞《き》けるかもしれません。

「賛成《さんせい》、賛成《さんせい》」

審査長《しんさちょう》がまえに進《すす》み出《で》ました。

「では、皆《みな》さまのご要望《ようぼう》、ならびに町当局《まちとうきょく》の証拠確認《しょうこかくにん》、ならびに町役場記録《まちやくばきろく》のために、もういちどこの坊《ぼう》やの小鳥《ことり》に、うたっていただくことにいたしましょう」

たいへんな拍手《はくしゅ》が起《お》こりました。

おじいさんとポールは顔《かお》を見《み》あわせました。困《こま》ったことになったもんだ、と内心《ないしん》おじいさんは思《おも》いました。あんまりおおぜいの人《ひと》にかこまれて、期待《きたい》が大《おお》きすぎると、ポールが疲《つか》れてしまうと心配《しんぱい》になったのです。それにピルルだって。

友《とも》だちのルイが、ポールにささやきました。

「ほら、あの曲《きょく》をおやりよ。きみの笛《ふえ》と、ピルルの歌《うた》の二重奏《にじゅうそう》さ」

「うん、そうだね」

ポールはうなずきます。そうだ、ピルルだって、もう疲《つか》れている。ぼくが吹《ふ》いて助《たす》けてあげよう。そう思《おも》ったのです。そして、おじいさんにいいました。

おじいさんは審査長《しんさちょう》にそのことを伝《つた》えます。ポールは、ピルルを肩《かた》にのせて囲《かこ》みのまん中《なか》に進《すす》み出《で》ました。そして腰《こし》に差《さ》した笛《ふえ》をとりだし、しずかに吹《ふ》きはじめました。

〝なだらかな丘《おか》に、春《はる》のあたたかい光《ひかり》がさしている。さわやかな風《かぜ》が、木《こ》の葉《は》をゆすっていく。林《はやし》にくると、気持《きも》ちが安《やす》らぐ〟

そんな情景《じょうけい》を思《おも》いうかべて笛《ふえ》を吹《ふ》きます。それはポールがいつもピルルといっしょに、山羊《やぎ》を林《はやし》につれていくときの曲《きょく》でした。そのメロディーを聞《き》くと、ピルルはぴょんとポールの帽子《ぼうし》の上《うえ》にとまりました。そして、ポールの笛《ふえ》に合《あ》わせるように、うたいはじめました。

きらきら輝《かがや》く春《はる》の光《ひかり》を思《おも》わせる、きれいなメロディーです。小川《おがわ》の水《みず》が光《ひか》っているような調《しら》べに変《か》わります。ポールの笛《ふえ》とピルルの声《こえ》は、たがいに競《きそ》うように優雅《ゆうが》にながれていきます。ちょっと追《お》いかけっこをしたり、いっしょになったり。そうして短《みじか》い曲《きょく》は、ロンドのように、くるくるっとまわって終《お》わりました。春《はる》のお祭《まつ》りにぴったりの曲でした。

いっせいに拍手《はくしゅ》がわき起《お》こりました。

「ブラボー！」

「坊《ぼう》や、すごいぞ」

「なんてすばらしいんでしょう！」

「さっきの歌《うた》もよかったけれど、こんどのはまたいっそうすてき」

「天才《てんさい》だ」

「まさに、これは音楽《おんがく》じゃ。そう、二重奏《にじゅうそう》の音楽《おんがく》じゃ」

「まあ、わたくし、うっとりしてしまいましたわ」

審査員《しんさいん》は高《たか》く手《て》をあげて、見物《けんぶつ》の人《ひと》たちの拍手《はくしゅ》をとめます。

役人《やくにん》も、すっかり感心《かんしん》していいます。

「みなさん。わかりました。ほんとうにすばらしい歌《うた》ごえ、いや音楽《おんがく》でしたね。坊《ぼう》や、そして小鳥《ことり》さん、ありがとう。これならわたくしも、胸《むね》をはって町長《ちょうちょう》に報告《ほうこく》ができます。いや、まったく、ここまで出向《でむ》いてきたかいがあったというものです」

「ところで、ごほうびは、なにをさしあげるんだい」

「さあ、それでございますね。まずは表彰状《ひょうしょうじょう》に名前《なまえ》を書《か》くことからはじめませんと」

　そういうと役人《やくにん》はポールに名前《なまえ》と、住《す》んでいるところをききました。役人《やくにん》はそれを手帳《てちょう》に書《か》きつけました。

「皆《みな》さん、このポール坊《ぼう》やと小鳥《ことり》のピルルの歌《うた》の件《けん》は、町長《ちょうちょう》にはもちろんでございますが、町《まち》の議会《ぎかい》でも報告《ほうこく》をいたしたいと……」

「いいぞ、いいぞ」

「本日《ほんじつ》のお祭《まつ》りのですね、特別《とくべつ》の記録《きろく》に残《のこ》るように、書記《しょき》にも申《もう》しつたえたく存《ぞん》じます」

「うん、そうだよな。そう『存《ぞん》じて』もらってけっこう」

と、だれかうしろのほうから声《こえ》があがりました。みんなはどっと笑《わら》いました。

ほうびの希望《きぼう》を聞《き》かれると、ポールは、

「小麦《こむぎ》をひと袋《ふくろ》いただけると、うれしいのですが」

と答《こた》えました。おじいさんは、

「おい、ポール。小麦《こむぎ》?」

ポールはうなずきます。それを見《み》て、審査長《しんさちょう》はみんなに伝《つた》えます。

「ポール坊《ぼう》やは小麦《こむぎ》をひと袋《ふくろ》、と申《もう》しております」

「え、なんだって?」

「どうして、小麦《こむぎ》なの」

「坊《ぼう》や、小麦粉《こむぎこ》のまちがいじゃなくて? お母《かあ》さんにケーキをつくってもらいたいんでしょ?」

「それなら、バターも砂糖《さとう》もいるぜ」

「お菓子《かし》をつくるなら、ひと袋《ふくろ》はいらんだろう」

いろいろな声《こえ》がとびかっています。

「審査長《しんさちょう》、もういちど聞《き》いてごらんよ」

そこで、審査長《しんさちょう》と役人《やくにん》はポールにもういちどたずねました。

ポールは勇気《ゆうき》をだして、そのわけをいいました。

「あのね、いただきたいのは、小麦《こむぎ》です。お母《かあ》さんにあげたいんです。お母《かあ》さんはガチョウを飼《か》っているの。いいガチョウに育《そだ》てるには、よくみのった、まるい小麦《こむぎ》がいちばんいいって。そういっていたんです」

みんなはそれを聞《き》くと、すっかり感心《かんしん》してしまいました。

「なんて親孝行《おやこうこう》な子《こ》どもだろう」

「いやはや、ほとんどあきれたね」

「おじいさん、あなたはいい孫《まご》をおもちですわ」

「そういうわけなら、ひと袋《ふくろ》でもふた袋《ふくろ》でも、豪勢《ごうせい》におやりよ」

役人《やくにん》と審査員《しんさいん》はまた相談《そうだん》をしました。そして、十《じゅっ》キログラム入《い》りふた袋《ふくろ》と決《き》めて、発表《はっぴょう》しました。

「町《まち》の事情《じじょう》というものもございますのでね。ここはひとつ、特別賞《とくべつしょう》ということにして、特別予算《とくべつよさん》を計上《けいじょう》させていただく手《て》はずを、いたしたく存《ぞん》じます」

「そうかい、そうかい」

「まあ、そう『存《ぞん》じ』られたんじゃあ、仕方《しかた》がないか」

また、笑《わら》いが起《お》きました。


こうしてポールとピルルは、町《まち》からごほうびに小麦《こむぎ》をふた袋《ふくろ》もらうことになりました。役人《やくにん》にたのまれて、粉屋《こなや》のおじさんがお店《みせ》から十《じゅっ》キログラム入《い》りの小麦《こむぎ》の袋《ふくろ》を二《ふた》つ、ロバにつんで運《はこ》んできました。

「坊《ぼう》や、重《おも》たいぞ。村《むら》までもって帰《かえ》れるかい?」

と、粉屋《こなや》のおじさん。

「そりゃ、ムリだよ。こんな子《こ》どもとおじいさんでは、とうてい村《むら》までなんて運《はこ》べるわけがない」

ひとりの奥《おく》さんがいいます。

「いっそのこと、粉屋《こなや》さん。あなたのロバをこの子《こ》に貸《か》してあげたらどうなの」

「ああ、それは名案《めいあん》だ」

見物人《けんぶつにん》がいいました。

「いやいや、それはごかんべんねがいたいね。ロバがいなくちゃ、私《わたし》の商売《しょうばい》がとまってしまいますんでね」

そこに神父《しんぷ》さまがやってきました。カテドラルの前《まえ》が、あまりにぎやかなので、なにがおこったのかと様子《ようす》を見《み》に、出《で》てきたのです。

事情《じじょう》を聞《き》くと、神父《しんぷ》さまはいいました。

「わかりました。私《わたし》がロバのお代《だい》をひきうけましょう。それなら粉屋《こなや》さんもがまんできるでしょう。ただし、それはあしたまでの一日《いちにち》としてはどうですか」

「おお、さすがは神父《しんぷ》さま。すばらしい案《あん》ですな」

役人《やくにん》も審査員《しんさいん》も見物人《けんぶつにん》も、そして粉屋《こなや》のおじさんも、みんな納得《なっとく》しました。

「では坊《ぼう》や、粉屋《こなや》のおじさんからロバを一日《いちにち》かりて、小麦《こむぎ》の袋《ふくろ》を運《はこ》びなさい。あしたは、そのロバを粉屋《こなや》さんに返《かえ》しにくるんだよ」

おじいさんが神父《しんぷ》さまに近《ちか》づいていいました。

「神父《しんぷ》さま、ありがとうございます。これは、きっと神《かみ》さまのお恵《めぐ》みです。ですから、小麦《こむぎ》の半分《はんぶん》は教会《きょうかい》に寄付《きふ》させてください。私《わたし》たちはひと袋《ふくろ》で十分《じゅうぶん》です。半分《はんぶん》なら、私《わたし》とポールでなんとかもって帰《かえ》れますよ」

「おじいさん。ぼくも手伝《てつだ》うよ」

ポールの友《とも》だちのルイがいいます。

「三人《さんにん》なら、だいじょうぶさ」

「ああ、ルイ。ありがとう」

と、ポール。

「そうすれば、粉屋《こなや》のおじさんも困《こま》らないしね」

神父《しんぷ》さまも、見物人《けんぶつにん》も、役人《やくにん》も、みんなうなずいて、顔《かお》を見《み》あわせています。いちばんほっとしたのは、粉屋《こなや》のおじさんのようでした。

神父《しんぷ》さまは手《て》をあげて三人《さんにん》を祝福《しゅくふく》しました。

「神《かみ》さまが、どんなにお喜《よろこ》びであろう。この村《むら》びとたちに、神《かみ》さまのお恵《めぐ》みと、平《へい》安《あん》と、幸《さいわ》いあれ」

そして、ピルルも祝福《しゅくふく》しました。

「神《かみ》よ、この小鳥《ことり》を守《まも》りたまえ」

こうして、ポールたちは、ピルルのおかげで小麦《こむぎ》のごほうびをいただいて、村《むら》に帰《かえ》っていきました。肩《かた》に背負《せお》った小麦《こむぎ》は、三《みっ》つに分《わ》けても、けっこう重《おも》たいものでしたが、喜《よろこ》びが三人《さんにん》を元気《げんき》づけ家《いえ》にもどることができました。

3

つぎの日曜日《にちようび》のミサのあとで、神父《しんぷ》さまはカテドラルに集《あつ》まった人《ひと》びとに、ポールとピルルの話《はなし》をしました。おじいさんとルイの話《はなし》もしました。

「皆《みな》さん、時《とき》としてこういうふしぎなことが起《お》こるのです。だれかのこころに、よい思《おも》いが生《う》まれると、そのよい思《おも》いがほかの人《ひと》にも伝《つた》わっていく。すると、またつぎの人《ひと》にも伝《つた》わり、多《おお》くの人《ひと》がよい思《おも》いに満《み》たされます。

すると、その多《おお》くの人《ひと》たちが、みんなとてもよろこばしい気持《きも》ちになります。自然《しぜん》と笑顔《えがお》になり、おだやかな気持《きも》ちになります。さらに、感謝《かんしゃ》したい気持《きも》ちがめばえるのです。それが、じつは、幸《しあわ》せということなのです。

あの祭《まつ》りでは、少年《しょうねん》のポールも友《とも》だちのルイも、おじいさんも、みんな幸《しあわ》せを、しっかりとかみしめたはずです。それだけではありません。そこにいた多《おお》くの人《ひと》も、その幸《しあわ》せをもらって帰《かえ》っていったのです。そして、これが神《かみ》さまのお恵《めぐ》みなのです。ごほうびの小麦《こむぎ》は、神《かみ》さまがあの少年《しょうねん》たちにくださった、おまけにすぎません。ほんとうのごほうびは、外《そと》からは見《み》えない、幸《しあわ》せというあたたかい気持《きも》ちなのです。もちろん、小麦《こむぎ》は、ポールのお母《かあ》さんにも幸《しあわ》せを運《はこ》びました。ガチョウたちにも、おいしい幸《しあわ》せを運《はこ》んだことでしょう」

みんなはシーンとして、うなずきながら神父《しんぷ》さまの話《はなし》を聞《き》いていました。

ポールとピルルのうわさは、たちまち近《ちか》くの町《まち》や村《むら》にひろがりました。神父《しんぷ》さまのお話《はなし》が、さらにこのうわさをひろめたようです。

そんなある日《ひ》、となり村《むら》から使《つか》いの人《ひと》がポールとおじいさんの家《いえ》をたずねてきました。その人《ひと》の話《はなし》によると、長《なが》いあいだ村《むら》のためにつくした元村長《もとそんちょう》は、村《むら》びとにとてもしたわれていた。その元村長《もとそんちょう》が、いま重《おも》い病気《びょうき》にかかっている。死《し》ぬまえに、その小《こ》鳥《とり》の歌《うた》をひと声《こえ》聞《き》きたいのだが、といっているというのです。

その村《むら》からは、このまえの戦争《せんそう》でなんにんかの義勇兵《ぎゆうへい》が出征《しゅっせい》していました。ポールのお父《とう》さんと同《おな》じです。村《むら》と国《くに》のためにと、戦《たたか》いに出《で》かけていったのです。元村《もとそん》長《ちょう》は、義勇兵《ぎゆうへい》として戦死《せんし》した村《むら》びとをねんごろにまつりました。そして、その家族《かぞく》には手当《てあて》を出《だ》したり、子《こ》どもの教育《きょういく》を援助《えんじょ》しました。傷《きず》をおった人《ひと》をいたわり仕事《しごと》の世話《せわ》をするなど、よわい人《ひと》を助《たす》けようとしました。

しかし、いまの村長《そんちょう》はその考《かんが》えに反対《はんたい》して選《えら》ばれました。そんなことをしていては、村《むら》の経済《けいざい》がやっていけないというのです。それに、税金《ぜいきん》が重《おも》くなるというので、村《むら》びとにも反対《はんたい》する人《ひと》がふえました。いまの村長《そんちょう》は、国《くに》の役人《やくにん》だった人《ひと》が役人《やくにん》をやめて村長《そんちょう》になりました。国《くに》とのつながりのつよい村《むら》をつくろう。それが、村《むら》をゆたかにすることだ。そういう考《かんが》えで人気《にんき》をあつめ選《えら》ばれたのです。

元村長《もとそんちょう》を慕《した》っていた人《ひと》たちは、このところすこし元気《げんき》がありません。そのうえ元《もと》村長《そんちょう》は病気《びょうき》になってしまいました。

「とつぜん、わがままな話《はなし》ですが、もしやお宅《たく》のお孫《まご》さんの小鳥《ことり》の歌《うた》を、聞《き》かせてやってはいただけませんでしょうか。ぜひ、おねがいします」

使《つか》いの人《ひと》があまりに熱心《ねっしん》にたのむので、おじいさんはなんとかしてあげたいものだと思《おも》いました。しかし、ポールはまだ学校《がっこう》から帰《かえ》ってきません。

「すこし、お待《ま》ちください。ポールがもどってきたら相談《そうだん》をしてみますから」

それを聞《き》くと使《つか》いの人《ひと》はひとまずほっとして、ランパルの家《いえ》の椅子《いす》に腰《こし》をおろしました。

お母《かあ》さんが、お茶《ちゃ》をいれてあげます。ティユール茶《ちゃ》でした。ティユールはセイヨウボダイジュの木《き》です。家《いえ》の裏《うら》に五本《ごほん》植えてありました。もう何年《なんねん》も前《まえ》のこと、お父《とう》さんのおじいさんが植《う》えて育《そだ》てた木《き》です。夏《なつ》になるときいろい小《ちい》さな花《はな》をいっぱい咲《さ》かせます。とてもいい香《かお》りがして、気持《きも》ちがおだやかになります。そのきいろい花《はな》と葉《は》をかわかしてお茶《ちゃ》にしたものが、ティユール茶《ちゃ》です。それをつくるのは、おばあさんとお母《かあ》さんの仕事《しごと》でした。

お百姓《ひゃくしょう》の仕事《しごと》は、からだが疲《つか》れます。疲《つか》れたからだを休《やす》めるのに、そのティユールのお茶《ちゃ》がとてもよいのです。気持《きも》ちがゆったりとして、疲《つか》れがほぐれていきます。よく眠《ねむ》れます。それで、ポールのひいおじいさんがその木《き》を育《そだ》てたのでした。

となり村《むら》の使《つか》いの人《ひと》が、おいしいティユール茶《ちゃ》をいただいているところに、ポールがルイと帰《かえ》ってきました。

「じゃ、またあした」

そう、いいあって二人《ふたり》は別《わか》れました。

おじいさんが、となり村《むら》の使《つか》いの人《ひと》の話《はなし》をポールにします。

「坊《ぼう》や、ぜひ、おねがいを聞《き》いてあげてくれまいか。その元村長《もとそんちょう》は八十歳《はちじゅっさい》になるのだけれど、村《むら》のためにたいへんつくした村長《そんちょう》さんでね。みんなに慕《した》われているのです。その人《ひと》のたのみなものだから、なんとかかなえてあげたいと思《おも》ってね。こうしてたずねてきたわけです」

使《つか》いの人《ひと》は熱心《ねっしん》にポールにたのみました。おじいさんはポールの顔《かお》を見《み》ました。

ポールもおじいさんの目《め》を見《み》ます。二人《ふたり》はすこしの間《あいだ》、目《め》と目《め》を見《み》あっていましたが、いっしょに、ニコッとしました。ポールはピルルの鳥籠《とりかご》のところに行《い》きます。そして、ピルルに話《はな》しかけました。

「そういうわけ。ね、いいよね、ピルル」

「急《いそ》いでくださらんか。なにしろ高齢《こうれい》ですし、病気《びょうき》が重《おも》いので。元村長《もとそんちょう》に、早《はや》く坊《ぼう》やを会《あ》わせてやりたいのです」

となり村《むら》の使《つか》いの人《ひと》にせかされて、おじいさんとポールは、となり村《むら》の人《ひと》といっしょに家《いえ》を出《で》ました。重《おも》い病気《びょうき》の人《ひと》は、夕方《ゆうがた》から夜《よる》にかけて亡《な》くなることが多《おお》いと、となり村《むら》の人《ひと》はいいます。

おじいさんのダニエルは、お母《かあ》さんが用意《ようい》したティユール茶《ちゃ》を袋《ふくろ》に入《い》れました。病人《びょうにん》に飲《の》ませたいと思《おも》ったのです。ポールはピルルの籠《かご》を手《て》にさげています。犬《いぬ》のジョワジョワが走《はし》り出《だ》しました。となり村《むら》の使《つか》いの人《ひと》は、もう先《さき》のほうに立《た》って二人《ふたり》のくるのを待《ま》っています。

となり村《むら》に着《つ》いたときは、夕方《ゆうがた》が近《ちか》づいていました。使《つか》いの人《ひと》が元村長《もとそんちょう》の家《いえ》に案《あん》内《ない》します。そこには元村長《もとそんちょう》の家族《かぞく》や村《むら》の人《ひと》たちが集《あつ》まって、ポールのくるのを待《ま》っていました。

「さあさあ、こちらにどうぞ」

「お父《とう》さん、ポール坊《ぼう》やがきてくれましたよ」

元村長《もとそんちょう》の娘《むすめ》が声《こえ》をかけます。おじいさんは、うっすらと目《め》をあけました。それまでうつらうつら、眠《ねむ》りつづけていたのです。

ポールは病人《びょうにん》のベッドに近《ちか》づいて、「こんにちは」と呼《よ》びかけました。

「ぼく、となり村《むら》のポールです。小鳥《ことり》のピルルをつれてきました」

すると元村長《もとそんちょう》は大《おお》きくうなずいて、ほほえみました。ダニエルじいさんは集《あつ》まった人《ひと》たちにあいさつをして、いいました。

「みなさんご存《ぞん》じかと思《おも》いますが、小鳥《ことり》はとても敏感《びんかん》でしてね。できるだけ、静《しず》かにしてやっていただけるとありがたいのです」

「わかっておりますとも、ランパルさん。私《わたし》たちは静《しず》かにうかがいましょう」

そのあいだに、お母《かあ》さんがもたせてくれたティユール茶《ちゃ》ができました。娘《むすめ》さんは、そのお茶《ちゃ》がポールのお母《かあ》さんからのお見舞《みま》いですよと話《はな》しながら、元村長《もとそんちょう》にさしだしました。おだやかな香《かお》りがして、元村長《もとそんちょう》はおいしそうにお茶《ちゃ》を飲《の》みました。

「さあ、お始《はじ》めください」

村《むら》の人《ひと》がいいます。ポールは病気《びょうき》の元村長《もとそんちょう》の目《め》を、やさしく見《み》つめました。元村《もとそん》長《ちょう》もポールの目《め》を見《み》ています。すると、こんなことばが浮《う》かんできました。そして、そのことばが自然《しぜん》に口《くち》から出《で》てきました。

またあえるよね　ねえ　おじいさん
はるにははなが　またさくんだもの

またあえるよね　きっといつか

またはなせるよね　だいすきならば
こころとこころが　つながっていれば
またはなせるよね　てんごくにいても

まるで詩《し》を読《よ》むように、ポールは浮《う》かんでくることばを、ベッドの元村長《もとそんちょう》に語《かた》りかけていました。そして、腰《こし》の笛《ふえ》をとりだして吹《ふ》きはじめました。ピルルが、籠《かご》から出《で》たいというように羽《は》ばたきました。ダニエルじいさんが籠《かご》の扉《とびら》をあけてやります。ピルルはポールの肩《かた》にとまって、すぐにこんどはポールの頭《あたま》にとびうつります。そしてうたいはじめました。

笛《ふえ》のやさしい調《しら》べに合《あ》わせて、ピルルもやさしい声《こえ》でうたいます。澄《す》んだ声《こえ》です。きれいな声《こえ》です。病気《びょうき》の元村長《もとそんちょう》はかるく目《め》をとじて、ポールの笛《ふえ》とピルルの歌《うた》に聞《き》き入《い》っています。ときどき小《ちい》さくうなずいているようです。その目《め》になにかが光《ひか》りました。涙《なみだ》がひとすじ、ながれおちました。娘《むすめ》さんが、そっと涙《なみだ》をハンカチでふいてやります。

やがて、ポールの笛《ふえ》と小鳥《ことり》の歌《うた》は終《お》わりました。元村長《もとそんちょう》は目《め》をあけました。大《おお》きな息《いき》をひとつ、つきました。

「ありがとう、ポール。ありがとう、ピルル。こんなに美《うつく》しい笛《ふえ》と歌《うた》を、終《お》わりの日《ひ》に聞《き》くことができて、わしは幸《しあわ》せじゃ。きみの詩《し》もすてきじゃった。村《むら》の皆《みな》の衆《しゅう》も、ありがとう。さようなら、皆《みな》の衆《しゅう》。また、会《あ》いましょう」

そういうと、元村長《もとそんちょう》は目《め》をとじました。

お葬式《そうしき》がすんで、元村長《もとそんちょう》の部屋《へや》を片《かた》づけていると、一通《いっつう》の手紙《てがみ》がみつかりました。

「村《むら》の子《こ》どもたちへ」と書《か》いた手紙《てがみ》です。それはつぎのようなものでした。

村《むら》の子《こ》どもたち。

きみたちはあしたの希望《きぼう》だ。この村《むら》とこの国《くに》を育《そだ》てるのはきみたちだ。

私《わたし》たちの村《むら》は貧《まず》しい。だから協力《きょうりょく》しあうことと、知恵《ちえ》をだしあうことが大切《たいせつ》だ。

私《わたし》はきみたちに言《い》いのこす。木《き》を植《う》えなさい。十歳《じゅっさい》になったら、それぞれが自分《じぶん》の木《き》を植《う》えるのだ。一人一本《ひとりいっぽん》。実《み》のなる木《き》を選《えら》ぶこと。それをまい年《とし》つづけるのだ。

みんなで手《て》をとりあって、工夫《くふう》しあって、実《み》のなる木《き》を自分《じぶん》の家《いえ》のまわりに植《う》える。道《みち》の両側《りょうがわ》や空《あ》き地《ち》にも植《う》える。栗《くり》、クルミ、リンゴ、梨《なし》、ぶどう、カリン、アンズ、ブルーベリー、ラズベリー、実《み》のなる木《き》はいろいろある。

その木《き》は、きみの木《き》になる。きみたちの木《き》になる。きみたちの木《き》に花《はな》が咲《さ》く。昆《こん》虫《ちゅう》や鳥《とり》たちがやってくるだろう。小《ちい》さないのちを見《み》つめるがいい。友《とも》だちになるがいい。それだけ、生《い》きていることに喜《よろこ》びがふえる。

やがてきみの木《き》には実《み》がなり、家族《かぞく》みんなで楽《たの》しめるだろう。いや、村《むら》ぜんぶの子《こ》どもたちが植《う》えれば、売《う》るほどの実《み》もなるだろう。それをまい年《とし》つづけていくのだ。すると、村《むら》には緑《みどり》ゆたかな茂《しげ》みができる。くだもののなる林《はやし》ができる。そして、くだもので知《し》られる村《むら》になる。景《け》色《しき》もよくなる。町《まち》から、人《ひと》びとがやってくるようになるだろう。それに第一《だいいち》、きみたちの誇《ほこ》りがそだつ。健康《けんこう》にもよいだろう。

子《こ》どもたちよ。大地《だいち》の恵《めぐ》みを大切《たいせつ》にするのだ。決《けっ》して裏切《うらぎ》らない自《し》然《ぜん》を尊《とうと》ぶのだ。感謝《かんしゃ》して植物《しょくぶつ》と暮《く》らすのだ。これがきみたちへの私《わたし》の遺言《ゆいごん》だ。さあ、木《き》を植《う》えなさい。たのみましたぞ。

この村《むら》を愛《あい》する元村長《もとそんちょう》　ベルナール・デュボワ

4

それからしばらく、おだやかな日《ひ》がつづきました。

ある日《ひ》のことです。一台《いちだい》の馬車《ばしゃ》がポールの家《いえ》をたずねてきました。身《み》なりのよい奥《おく》さんが、馬車《ばしゃ》からおりてきます。奥《おく》さんは心配《しんぱい》そうな顔《かお》をしています。馬車《ばしゃ》は、あのお祭《まつ》りのあった町《まち》からやってきたのでした。奥《おく》さんの子《こ》どもが、このところ元《げん》気《き》がありません。学校《がっこう》にも行《い》かなくなってしまいました。

奥《おく》さんは、ポールのおじいさんたちに事情《じじょう》を話《はな》しました。どうしたのでしょう。そのグザビエという子《こ》はくらい顔《かお》をして、ため息《いき》ばかりつくようになりました。その子《こ》は、自分《じぶん》のお母《かあ》さんにも、だんだん口《くち》をきかなくなっているようです。なにか、気晴《きば》らしをとお母《かあ》さんが考《かんが》えても、喜《よろこ》びません。

お医者《いしゃ》さまにも相談《そうだん》して、いろいろ薬《くすり》もためしてみましたがどれも効《き》きません。

とうとうお医者《いしゃ》さまも、首《くび》をかしげてしまいました。その子《こ》は小鳥《ことり》を見《み》たがってい
るというのです。

「かってなおねがいでございますが、いまはもう、あの子《こ》グザビエのためにできる
ことならなんでもしてやりたいのです。グザビエはだんだん食欲《しょくよく》もなくなって、く
らい顔《かお》ばかりするようになりました。いつぞやの神父《しんぷ》さまのお話《はなし》を思《おも》い出《だ》して、こ
うしておねがいにあがりました」

その子《こ》は、ポールより二《に》歳《さい》ほど小《ちい》さな男《おとこ》の子《こ》のようでした。

「わたくしね、グザビエはお宅《たく》の坊《ぼう》やの小鳥《ことり》の歌《うた》を聞《き》いたら、きっと元気《げんき》が出《で》てく
ると思《おも》いますの。町《まち》のお祭《まつ》りであの小鳥《ことり》の歌《うた》を聞《き》いたときから、とてもふしぎな鳥《とり》
のように感《かん》じていました。そうなんです。きっと、うちの子《こ》はお医者《いしゃ》さまのお薬《くすり》よ
りも、やさしくて美《うつく》しい歌《うた》がお薬《くすり》なんですわ。わたくし、そう信《しん》じてこちらにおう
かがいしました。どうぞあの子《こ》を助《たす》けてください」

涙《なみだ》ぐんでおねがいする奥《おく》さんの話《はなし》を聞《き》いていると、おじいさんもおばあさんもお

母《かあ》さんも、奥《おく》さんとその子《こ》どもがとても気《き》の毒《どく》になりました。

「お気《き》の毒《どく》なことですね、奥《おく》さま。お気持《きも》ちはよくわかりますよ」

とお母《かあ》さんのクリスティーヌがいいます。

「わたしには二人《ふたり》の息子《むすこ》がいました。長男《ちょうなん》のフィリップは、この前《まえ》の戦争《せんそう》で戦死《せんし》してしまいました。十八歳《じゅうはっさい》の働《はたら》きもので、夫《おっと》が亡《な》くなってからは、この長男《ちょうなん》が畑《はたけ》の仕《し》事《ごと》を引《ひ》きついでいたのです」

「まあ、そうでしたか。なんとお気《き》の毒《どく》なこと。どんなにか、おつらかったでしょうね」

奥《おく》さんは、お母《かあ》さんの話《はなし》を聞《き》くと、またしんみりしてしまいました。

「ほんとうに残念《ざんねん》です。フィリップさえいたら、私《わたし》たちもなんとか一人前《いちにんまえ》の農家《のうか》らしくやっていけたのですが」

「そうですわねえ。ほんとにねえ」

「このポールがりっぱに育《そだ》ってくれるのだけが、私《わたし》たちの頼《たよ》りなんです。ですからもしもポールが、重《おも》い病気《びょうき》にでもかかったら……。私《わたし》だってどんなことでもして、治《なお》したいと思《おも》うでしょう」

そうして、ポールは町《まち》の奥《おく》さんの家《いえ》に行《い》くことになりました。

おじいさんのダニエルはポールをつれ、ピルルを入《い》れた鳥籠《とりかご》をだいじにもって、奥《おく》さんの馬車《ばしゃ》に乗《の》りました。町《まち》に着《つ》いてみると、奥《おく》さんの家《いえ》は大《おお》きなお店《みせ》でした。店《みせ》の番頭《ばんとう》さんが出《で》てきて奥《おく》さんを迎《むか》えました。そして、ダニエルじいさんとポールにていちょうなあいさつをして、家《いえ》の中《なか》に案内《あんない》しました。お父《とう》さんの姿《すがた》は見《み》えません。

奥《おく》さんにみちびかれて子《こ》どもの部屋《へや》にはいると、その子《こ》はベッドに寝《ね》ていました。

「グザビエ、ほうら、来《き》てくださったわよ。あなたが会《あ》いたがっていたポールが、小鳥《ことり》のピルルをつれて来《き》てくださったのよ」

その声《こえ》をきくとグザビエと呼《よ》ばれた子《こ》は、首《くび》をあげてからだを起《お》こしかけました。

すっかりやせて、青白《あおじろ》い、陰気《いんき》な顔《かお》をしています。その子《こ》を見《み》ると、ピルルは籠《かご》の中《なか》で急《きゅう》に羽《はね》をバタバタさせました。落《お》ちつきがなくなっています。なにか、こわがっている様子《ようす》です。

「どうしたの、ピルル。こわがらなくていいんだよ。ぼくといっしょなんだから」

ポールがピルルに声《こえ》をかけます。でもピルルは落《お》ちつきません。なにかにおびえているようです。羽《はね》をばたつかせ、籠《かご》の中《なか》を動《うご》きまわります。

りっぱな部屋《へや》の中《なか》をゆっくり見《み》まわしていたおじいさんが、

「どうやら、この部屋《へや》の空気《くうき》がおかしいようじゃな」

とつぶやきました。

「どういうこと、おじいさん?」

ポールはたずねます。

「なにか、よくないもののけがおるようじゃよ、ポール」

ダニエルじいさんは奥《おく》さんにいいました。

「奥《おく》さん、ピルルの様子《ようす》をごらんください。この小鳥《ことり》はなにかにおびえています。失礼《しつれい》ですが、奥《おく》さん。この部屋《へや》には、なにかよくないもののけのようなものが、おるのではないでしょうか」

「まあ、なんてこと。それで、グザビエの様子《ようす》が変《へん》なのですか」

ポールがいくらなだめても、ピルルはバタバタを止《や》めません。

「お子《こ》さんの部屋《へや》を変《か》えた方《ほう》がよさそうですな、奥《おく》さん。お急《いそ》ぎください。もっと明《あか》るい部屋《へや》がよいと思《おも》いますが」

ダニエルじいさんは、奥《おく》さんを急《いそ》がせました。奥《おく》さんはグザビエを抱《だ》きあげて、部屋《へや》からつれ出《だ》しました。小《ちい》さいけれど庭《にわ》に面《めん》した明《あか》るい部屋《へや》がありました。そこに入《はい》ると、ピルルはバタバタを止《や》めました。

「あら、小鳥《ことり》が静《しず》かになりましたわ」

「きっと、あの部屋《へや》のためにお子《こ》さんはぐあいが悪《わる》くなっていたのですよ」

「まあ、なんということでしょう！　この子《こ》が……、あの部屋《へや》のためだったなんて」

椅子《いす》にすわらされた男の子《おとこのこ》はぐったりしています。ダニエルじいさんはポールに目《め》くばせをしました。ポールは籠《かご》の扉《とびら》をあけて、ピルルを手《て》の上《うえ》にのせました。そうして、もう一方《いっぽう》の手《て》でピルルをやさしく、やさしくなでてやりました。ピルルはようやく落《お》ちついて、ポールの肩《かた》にのりました。すると、ポールのこころに詩《し》のようなものが浮《う》かんできました。

ほら　みてごらん　つぼみがひらく
ほら　みてごらん　えがおがひらく
つぼみはひらいて　はなになって
ひらいたはなは　すてきなかおり
ピンクのいろは　やすらぎのいろ
いろとかおりが　こころをしずめる

ひらいたこころは　はなみたい
ひらいたこころは　ひかりをやどす

「こういう歌《うた》にしようね」

ポールはピルルにいい聞《き》かせます。ピルルは「ピルエート」と鳴《な》いてこたえました。そして、ポールの頭《あたま》にのってうたいはじめました。


グザビエのお母《かあ》さんは、心配《しんぱい》そうに息子《むすこ》を見《み》まもっています。ダニエルじいさんもじっとその子《こ》を見《み》ています。ポールも同《おな》じです。

「ほら　みてごらん」

気持《きも》ちのせいでしょうか、ピルルの声《こえ》は、そんなふうに聞《き》こえました。つづいて、「つぼみがひらく」とピルルの鳴《な》き声《ごえ》は聞《き》こえてきます。

ピルルの歌《うた》がつづきます。するとグザビエの顔《かお》に、ほんのすこし赤《あか》みがさしてきたようでした。どろんとしていた目《め》が、だんだんはっきりしてきたようです。ピルルは、ポールの帽子《ぼうし》から飛《と》び立《た》って部屋《へや》の中《なか》を一回《ひとまわ》りして、またポールの帽子《ぼうし》にもどりました。男《おとこ》の子《こ》の顔《かお》は、なにやら明《あか》るくなっていくようです。「ひらいたこころは　はなみたい」と、ピルルの歌《うた》が聞《き》こえたとき、グザビエは椅子《いす》からよろよろと立《た》ち上《あ》がりました。そして、ふらふらしながら、ピルルとポールのほうに歩《ある》きはじめました。

奥《おく》さんは、すっかり驚《おどろ》いてしまいました。

「まあ、グザビエ。あなた、歩《ある》いているわ！」

「ひらいたこころは　ひかりをやどす」

とピルルはうたいました。グザビエはポールに近《ちか》づくと、両手《りょうて》をさしだしました。

ポールはその手《て》を、ぎゅっとにぎってやりました。グザビエはにっこりしました。

「グザビエ！」

奥《おく》さんが思《おも》わず叫《さけ》びました。

「まあ、なんということでしょう。グザビエが笑《わら》ったわ」

奥《おく》さんは、もうながいあいだわが子の笑顔《えがお》を見《み》たことがなかったのです。グザビエはすこしほほえんで、両手《りょうて》をあげています。なにかをつかもうとするかのように、頭《あたま》の上《うえ》を手《て》でさぐっています。

ポールが「グザビエ」と呼《よ》びかけました。するとグザビエは、

「だあれ、きみ」

と、はじめてポールに気《き》づいていました。

「ぼく、ポールだよ。ピルルをつれてきみに会《あ》いにきたんだ」

「ああ、きみがポールなの？　ぼく、きみに会《あ》いたかった」

その声《こえ》はとてもよわく、力《ちから》がありません。でも、顔《かお》に明《あか》るいものが感《かん》じられます。どうやらピルルの歌《うた》をきいて、ポールの顔《かお》を見《み》て、なにかグザビエは変《か》わりはじめたようです。

「ほんとうに、なんということでしょう」

奥《おく》さんは両手《りょうて》をほほに当《あ》て、ぼうぜんと子《こ》どもの変《か》わりようを見《み》ています。ポールはグザビエの手《て》をとって、しっかりにぎりました。

「グザビエ、もうだいじょうぶだよ」

そういいながらグザビエの肩《かた》をたたきました。

それから奥《おく》さんは泣《な》きながら、男《おとこ》の子《こ》をしっかり抱《だ》きしめました。とてもながいあいだ、グザビエを抱《だ》きしめていましたが、はっとわれにかえりました。

「まあ、ごめんなさい。あんまりうれしかったものですから……。とり乱《みだ》してしまいました。まるで、奇跡《きせき》みたいですわ。お医者《いしゃ》さまにも治《なお》せなかった……この子《こ》の病《やまい》を……」

奥《おく》さんのことばは、とぎれてしまいます。

「皆《みな》さんのお力《ちから》で治《なお》していただいて。ああ、なんとお礼《れい》を申《もう》しあげたらよいのでしょう」

「よかったですね、奥《おく》さん。ほんとうによかった。あの笑顔《えがお》の坊《ぼう》やの様子《ようす》を見《み》れば、もうだいじょうぶでしょう」

「ほんとうでしょうか、ランパルさん。この子《こ》は悪《わる》い病気《びょうき》から、ほんとうに立《た》ち直《なお》れるのでしょうか」

「奥《おく》さん。坊《ぼっ》ちゃんは悪《わる》いゆめを見《み》たのだと、そうお考《かんが》えになってはどうですか。ピルルが恐《おそ》れを感《かん》じた『よくない空気《くうき》』が、坊《ぼっ》ちゃんにしみこんでいたんですよ。ポールのことばとピルルの歌《うた》が、その『よくない空気《くうき》』を、ひょっとするとものの、け、を、追《お》い払《はら》ってくれたのだと思《おも》います」

「ああ、そうだったなら、どんなにうれしいでしょう」

奥《おく》さんの目《め》から涙《なみだ》があふれました。そして、またグザビエをしっかり抱《だ》きしめて、ひたいに口《くち》づけしました。

「私《わたし》はね、奥《おく》さん。ほんとうのつよい善意《ぜんい》と祈《いの》りは、『悪《わる》い思《おも》い』や『よくない空《くう》気《き》』を寄《よ》せ付《つ》けない力《ちから》があると思《おも》っておるのです。ポールとピルルを見《み》ていると、そう思《おも》えてくるのです」

「そうでしょうか。わたくし、祈《いの》りの力《ちから》が足《た》りなかったのでしょうか、ランパルさん」

「それはわかりません。でも、こうして坊《ぼっ》ちゃんが元気《げんき》になったのですから、奥《おく》さんはお子《こ》さんの力《ちから》を信《しん》じることです。それを信《しん》じて、やさしくつよく愛《あい》してあげることでしょうな」


グザビエのいた部屋《へや》には、「もののけ」がいたのでしょうか。ピルルはきっとそれを感《かん》じて、羽《はね》をばたつかせたのでしょう。そのうえ、お父《とう》さんは店《みせ》の将来《しょうらい》のためにグザビエを銀行家《ぎんこうか》に育《そだ》てようと、家庭教師《かていきょうし》を三人《さんにん》もつけて勉強《べんきょう》させていたというのです。小《ちい》さなグザビエは外《そと》で子《こ》どもたちと遊《あそ》ぶこともできずに、がまんしていたのです。奥《おく》さんは、ご主人《しゅじん》のやり方《かた》に賛成《さんせい》ではなかったのに、つよく反対《はんたい》することができませんでした。

そういう話《はなし》をきいたダニエルじいさんは、奥《おく》さんにひとつの提案《ていあん》をしました。グザビエをしばらくポールといっしょに村《むら》で暮《く》らさせてはどうか、というのです。

「私《わたし》たちのところでよかったら、すっかり元気《げんき》になるまでグザビエくんをおあずかりしてもよいのですが」

「まあ、ご親切《しんせつ》に。ありがとうございます。すばらしいご提案《ていあん》ですわね。でも、わたくしだけで決《き》めるわけにはまいりません。主人《しゅじん》と相談《そうだん》してご返事《へんじ》をさせてくださいませんか。なにしろ主人《しゅじん》はなかなか、人《ひと》さまのいうことをききませんので」

「もちろんです。よくご相談《そうだん》をなさるのがよいでしょう。私《わたし》たちの村《むら》にはひろい畑《はたけ》や林《はやし》があります。山羊《やぎ》やガチョウやニワトリもいます。ボダイジュの木《き》もあります。そういう自然《しぜん》の中《なか》でポールと暮《く》らしたら、きっとグザビエくんも元気《げんき》になると私《わたし》は思《おも》います。なんといっても、子《こ》どもは自然《しぜん》の一部《いちぶ》なんですから。いや、自然《しぜん》そのものなんですからな」

「ほんとうに。そうなれば、どんなによいでしょう」

奥《おく》さんはすこし悲《かな》しそうな顔《かお》をしてこたえました。
ポールとダニエルじいさんは、奥《おく》さんの家《いえ》の馬車《ばしゃ》で村《むら》に送《おく》ってもらいました。

なん日《にち》かたちました。けっきょく、グザビエはポールの家《いえ》にやってきませんでした。やはりお父《とう》さんがゆるさなかったのです。グザビエと奥《おく》さんが、どんなにポールとおじいさんとピルルの話《はなし》をしても、そんなことのあるはずはないといって信《しん》じません。

だいいち、この進《すす》んだ世《よ》の中《なか》にもののけだの「悪《わる》い気《き》」など、理屈《りくつ》に合《あ》わないものの いるわけがないではないか、というのです。お父《とう》さんはグザビエが元気《げんき》になってきたことは喜《よろこ》びながら、それはこれまでのお医者《いしゃ》さまの薬《くすり》がようやく効《き》いてきたのだと思《おも》ったのです。

それに、お父《とう》さんは大《おお》きな町《まち》の大学《だいがく》で熱心《ねっしん》に勉強《べんきょう》をした人《ひと》でしたから、いなかの老人《ろうじん》のいうことなどを簡単《かんたん》に信《しん》じるわけにはいかなかったのでしょう。

5

ランパル家《け》のみんなは、まいにちいそがしく暮《く》らしています。

農家《のうか》では、季節《きせつ》が移《うつ》り変《か》わるごとに、あたらしい仕事《しごと》が待《ま》っています。まい年《とし》まい年《とし》、おなじことをくり返《かえ》しているようですが、ほんとうはその年《とし》ごとにちがうのです。

天候《てんこう》は年《とし》ごとにことなります。そして季節《きせつ》ごとにことなります。気温《きおん》が高《たか》い年《とし》もあるし、低《ひく》い年《とし》もあります。すると作物《さくもつ》はとても影響《えいきょう》をうけます。日《ひ》の光《ひかり》、雲《くも》、風《かぜ》、雨《あめ》、雪《ゆき》、そのどれもが、野菜《やさい》やくだものや家畜《かちく》に関係《かんけい》があります。そして、それは人《ひと》びとにも影響《えいきょう》をおよぼします。そこで、まい年《とし》の農作業《のうさぎょう》の時期《じき》や、作業《さぎょう》のときの注意《ちゅうい》などは、長《なが》いあいだかけて先祖《せんぞ》の人《ひと》たちが、記録《きろく》して残《のこ》してきました。

どこの国《くに》でもカレンダーをつくって、一年《いちねん》の仕事《しごと》のだんどりを記《しる》してあります。

とくに農民《のうみん》にとって、カレンダーはとても大切《たいせつ》なものです。そこには、日《ひ》の出《で》や日《ひ》の入《い》りの時刻《じこく》が書《か》いてあります。月《つき》の満《み》ち欠《か》けの様子《ようす》も書《か》いてあります。そして、畑《はたけ》をたがやす時期《じき》、種《たね》まきの時期《じき》、草取《くさと》りや肥料《ひりょう》をほどこす時期《じき》、花《はな》の咲《さ》く時期《じき》、実《み》の結《むす》ぶ時期《じき》、取《と》り入《い》れや、あとしまつのことなど、農作業《のうさぎょう》の知恵《ちえ》がぜんぶ書《か》いてあるのです。

ランパルの家《いえ》でも、まい年《とし》カレンダーを見《み》ながら、その年《とし》の季節《きせつ》の動《うご》きにあわせて働《はたら》いてきました。ポールもまいにちいそがしく過《す》ごしています。学校《がっこう》から帰《かえ》ると、おじいさんとおばあさんとお母《かあ》さんの手《て》伝《つだ》いをします。そして、ピルルの籠《かご》をもって山羊《やぎ》をつれ、お気《き》に入《い》りの林《はやし》に行《い》きます。ぶどう畑《ばたけ》の道《みち》を通《とお》っていくのです。そうすれば、その年《とし》のぶどうの育《そだ》ちぐあいがわかります。

小川《おがわ》に近《ちか》づくと、かえるがとびはねて川《かわ》にとびこみました。ポールの足音《あしおと》におどろいたのでしょう。ポチャーン、と音《おと》をたてて水《みず》にとびこみ、すいすいとむこうぎしに泳《およ》いでいきました。

林《はやし》ではくぬぎの若葉《わかば》が風《かぜ》にゆれています。お日《ひ》さまの光《ひかり》が、葉《は》っぱの上《うえ》をすべって光《ひか》ります。ことしも夏《なつ》になれば、かぶとむしやくわがたがくぬぎの蜜《みつ》を吸《す》いに集《あつ》まってくるでしょう。きれいな羽《はね》をした蝶《ちょう》たちもやってくるでしょう。くぬぎの木《き》のみきからは、あまくておいしい蜜《みつ》が出《で》るからです。

「あ、みどり色《いろ》の光《ひかり》。葉《は》っぱの上《うえ》で遊《あそ》んでいるみたい」

ポールは思《おも》わずつぶやきました。林《はやし》からの風景《ふうけい》を、ポールは見《み》あきることがありません。きょう見《み》える風景《ふうけい》は、きのうとまた違《ちが》っています。それを眺《なが》めながら、切《き》り株《かぶ》に腰《こし》を下《お》ろして笛《ふえ》を吹《ふ》きます。

そして、見《み》たことや感《かん》じたことをピルルに話《はな》しながらひとときを過《す》ごします。すると、仕事《しごと》の疲《つか》れがすこしずつ薄《うす》れていくのが感《かん》じられました。ポールのことばは、ときどき詩《し》のようでした。それをことばにした後《あと》で笛《ふえ》を吹《ふ》くと、ピルルはそれに合《あ》わせるかのようにうたいはじめます。そうして、いつも二人《ふたり》は合奏《がっそう》を楽《たの》しむのです。

そのひとときが、ポールにとっていちばん楽《たの》しいときでした。

グザビエは、どうしているかな。ポールは笛《ふえ》を吹《ふ》きながら、あの少年《しょうねん》のことを思《おも》いうかべることがあります。ぼくの勉強《べんきょう》は畑《はたけ》の仕事《しごと》や、山羊《やぎ》の飼《か》いかたや、作物《さくもつ》の育《そだ》ちぐあいを見《み》ることなんだ。力《ちから》もいるし汗《あせ》もかく。手《て》に傷《きず》もできるし、とても疲《つか》れる。でも、ひと仕事終《しごとお》わったときはとても満足《まんぞく》できる。しあげた仕事《しごと》をながめるのはいちばんうれしい。自慢《じまん》したくなるんだ。それはひとつひとつ楽《たの》しいことなのに、あの子《こ》ときたら銀行家《ぎんこうか》にさせられる。そのために、家庭教師《かていきょうし》にべんきょうさせられているんだ。銀行家《ぎんこうか》ってなんなんだろう。とてもむずかしそうだけど、楽《たの》しい仕事《しごと》なんだろうか。

世《よ》の中《なか》には、ポールにわからないことがたくさんありました。村《むら》の暮《く》らしと町《まち》の暮《く》らしはずいぶん違《ちが》うし、店《みせ》をやっている人《ひと》と農家《のうか》でもずいぶん違《ちが》う。

もっと大《おお》きな町《まち》に行《い》けば、もっともっと違《ちが》う仕事《しごと》があるらしい。いろんな人《ひと》がいろんな仕事《しごと》をして生《い》きている。考《かんが》えるとなんだかわからなくなっていきます。あーあ、兄《にい》さんが生《い》きていてくれたらなあ。ポールは、いちばんの話《はな》しあいてだった兄《あに》が戦死《せんし》してしまったことが、ざんねんでなりません。

ある日《ひ》のことです。村役場《むらやくば》の広場《ひろば》に立《た》て札《ふだ》が立《た》ちました。『小鳥《ことり》の歌声全国《うたごえぜんこく》コンクール』を知《し》らせる立《た》て札《ふだ》でした。小鳥《ことり》の鳴《な》き声《ごえ》を国《くに》ぜんたいで競《きそ》う、というコンクールです。

小鳥《ことり》を飼《か》っている人《ひと》はふるって参加《さんか》せよ、と呼《よ》びかけています。まず、それぞれの町《まち》や村《むら》ごとに予選《よせん》をおこない、さらにひろい地域《ちいき》でつぎのコンクールをおこないます。そして地域《ちいき》で勝《か》ちぬいた代表《だいひょう》は、いよいよ全国大会《ぜんこくたいかい》に出場《しゅつじょう》です。その全国大会《ぜんこくたいかい》は、王《おう》さまのお城《しろ》のある大《おお》きな町《まち》で開《ひら》かれるそうです。

なにしろ王《おう》さまと王妃《おうひ》さまが催《もよお》すという国《くに》の行事《ぎょうじ》です。立《た》て札《ふだ》のまえには人《ひと》だかりができました。優勝《ゆうしょう》した鳥《とり》と飼《か》い主《ぬし》には、たいへんなごほうびと名誉《めいよ》が贈《おく》られます。名誉《めいよ》のしるしは、その小鳥《ことり》の絵《え》を描《か》いた郵便切手《ゆうびんきって》がつくられるというのです。

切手《きって》になれば、郵便《ゆうびん》にはられて全国《ぜんこく》に配《くば》られます。その小鳥《ことり》の絵《え》がまいにち全国《ぜんこく》に手紙《てがみ》となって飛《と》んでいくわけです。飼《か》い主《ぬし》にとってこんなに名誉《めいよ》なことはありません。そのうえ、切手《きって》になれば外国《がいこく》にも配《くば》られていくでしょう。国境《こっきょう》をこえて、いろいろな国《くに》にも小鳥《ことり》は切手《きって》となって羽《は》ばたくのです。

ごほうびは、二年間《にねんかん》の税金《ぜいきん》めんじょでした。このコンクールは二年《にねん》ごとに開《ひら》かれるので、優勝者《ゆうしょうしゃ》は二年《にねん》のあいだは税金《ぜいきん》を払《はら》わなくてもよいというのです。

それだけではありません。優勝《ゆうしょう》した小鳥《ことり》を出場《しゅつじょう》させた町《まち》の町長《ちょうちょう》さんや、村《むら》の村長《そんちょう》さんも表彰《ひょうしょう》されるということです。

この知《し》らせはたちまち全国《ぜんこく》に知《し》れわたりました。このことをポールに知《し》らせたのは、友《とも》だちのルイでした。ルイはちょうどお父《とう》さんについて出《で》かけ、村役場《むらやくば》の広場《ひろば》で立《た》て札《ふだ》を見《み》たのでした。ポールの小鳥《ことり》ピルルの歌上手《うたじょうず》のことは、ルイがだれよりもよく知《し》っています。早《はや》く知《し》らせようと、ルイはポールの家《いえ》にかけ込《こ》んできました。あとから家《いえ》についたルイのお父《とう》さんが、立《た》て札《ふだ》に書《か》いてあることをくわしく説明《せつめい》してくれました。

政府《せいふ》は、いろいろな知恵《ちえ》をしぼって、国《くに》を元気《げんき》にしようと思《おも》っているようでした。すこしまえの戦《いくさ》に負《ま》けてから、国《くに》はまずしくなっています。大事《だいじ》な領地《りょうち》を奪《うば》われましたし、たくさんの戦死者《せんししゃ》やけが人《にん》を出《だ》しました。なんとかして、国民《こくみん》が元気《げんき》になり産業《さんぎょう》や農業《のうぎょう》がさかんになるようにと、アイディアを考《かんが》えていたのです。

このコンクールもそのアイディアのひとつでした。小鳥《ことり》の飼《か》い主《ぬし》を競《きそ》わせるだけではありません。こうした行事《ぎょうじ》そのものが、それぞれの村《むら》や町《まち》に元気《げんき》をもたらします。おおぜいの人《ひと》が集《あつ》まったり行《い》き来《き》すれば、ホテルもレストランもほかの店《みせ》にもお客《きゃく》さんがふえます。品物《しなもの》も動《うご》きます。

優勝《ゆうしょう》した小鳥《ことり》のいる町《まち》や村《むら》には、その小鳥《ことり》をひとめ見《み》たいという人《ひと》が、全国《ぜんこく》からやってくるでしょう。小鳥《ことり》のそだて方《かた》を知《し》りたい、という人《ひと》もやってくるでしょう。町《まち》や村《むら》でできる品物《しなもの》や農作物《のうさくぶつ》も買《か》ってもらえます。

小鳥《ことり》を好《す》きになる人《ひと》もふえます。おおぜいの国民《こくみん》が小鳥《ことり》を好《す》きになれば、そのうわさは外国《がいこく》の小鳥好《ことりず》きの人《ひと》にも届《とど》くでしょう。政府《せいふ》は、外国《がいこく》からもお客《きゃく》さんがきてくれるといいなと考《かんが》えたのです。

それには、呼《よ》びものになるなにかが必要《ひつよう》です。それが『小鳥《ことり》の歌声全国《うたごえぜんこく》コンクール』というわけです。将来《しょうらい》は、国《くに》の中《なか》だけのコンクールのほかに、国際《こくさい》コンクールも開《ひら》きたいとひそかに考《かんが》えていました。「小鳥《ことり》と音楽《おんがく》で有名《ゆうめい》な国《くに》になって、わが国《くに》の特長《とくちょう》をつくるのだ」。王《おう》さまはそう考《かんが》えていたのです。

でも、そこまで発表《はっぴょう》するにはまだ時期《じき》が早《はや》すぎます。そこで、このときはまだそれはないしょにしていました。

ポール・ランパルの家《いえ》には、いろいろな人《ひと》からコンクールに出場《しゅつじょう》するようにという話《はなし》がもちこまれました。なにしろ、歌声《うたごえ》のよいピルルのことは村《むら》で知《し》らない人《ひと》はなかったのですから。

でも、ポールはあまり乗《の》り気《き》ではありません。ピルルとポールは二人《ふたり》だけで、林《はやし》の中《なか》で過《す》ごすのがいちばん楽《たの》しかったのです。

村《むら》は、よるとさわるとこのコンクールの話《はなし》でもちきりになりました。

「ここはひとつ、ポールのピルルに勝《か》ってもらわにゃ」

ということになって、あわただしく村《むら》の議会《ぎかい》がひらかれました。だれひとりの反《はん》対《たい》もなく、ペルソナ村《むら》としてピルルに出場《しゅつじょう》を要請《ようせい》することになりました。

村長《そんちょう》と村会議長《そんかいぎちょう》が助役《じょやく》をつれて、そろってランパル家《け》をおとずれました。いつになくていねいなおじぎをして、おじいさんのダニエル・ランパルにことの次第《しだい》をのべました。助役《じょやく》が、りっぱな紙《かみ》に書《か》かれた『特別依頼状《とくべついらいじょう》』を箱《はこ》の中《なか》からとりだして、村長《そんちょう》にわたします。村長《そんちょう》はその紙《かみ》を開《ひら》き、村会議長《そんかいぎちょう》とならんでダニエルじいさんの前《まえ》に立《た》ちました。議長《ぎちょう》が目《め》くばせをすると、村長《そんちょう》はおもおもしい声《こえ》で読《よ》みあげました。

ペルソナ村《むら》　村議会緊急決議《そんぎかいきんきゅうけつぎ》による
特別依頼状《とくべついらいじょう》

わがペルソナ村《むら》は小村《しょうそん》とはいえ風土自然《ふうどしぜん》うるわしく、村民《そんみん》おだやかにして勤勉《きんべん》なり。されど、惜《お》しむらくはさしたる名所《めいしょ》および産業《さんぎょう》とてこれ無《な》く、つつましき村《むら》はつつましきまま三〇〇年《さんびゃくねん》を経《へ》たり。加《くわ》えて先《さき》の二《ふた》つの戦争《せんそう》では多《おお》くの男子《だんし》を戦場《せんじょう》に失《うしな》い、その損失《そんしつ》は計《はか》りがたし。

ここに村議会《そんぎかい》は一念発起《いちねんほっき》し、当村《とうそん》の活性化《かっせいか》を図《はか》らんと決《けっ》するに至《いた》れり。

すなわち、今般《こんぱん》の国王陛下《こくおうへいか》ご主催《しゅさい》による『小鳥《ことり》の歌声全国《うたごえぜんこく》コンクール』に参加《さんか》して優勝《ゆうしょう》を果《は》たし、もってペルソナ村《むら》の存在《そんざい》を内外《ないがい》に示《しめ》さんとするものなり。

これにより、当村《とうそん》に及《およ》ぶべき好《この》ましき効果《こうか》は下記《かき》のごとし。

一、新規《しんき》小《こ》鳥《とり》育成産業《いくせいさんぎょう》
二、全国各地《ぜんこくかくち》より当村《とうそん》への来訪者《らいほうしゃ》の増大《ぞうだい》
三、農業《のうぎょう》ならびに畜産業《ちくさんぎょう》のさらなる隆盛化《りゅうせいか》
四、旅行者《りょこうしゃ》受け入《い》れの諸施設《しょしせつ》、サービス等《とう》の事業《じぎょう》
五、当村行政施策《とうそんぎょうせいしさく》への見学《けんがく》ならびに他村《たそん》との交流《こうりゅう》
六、その他《た》、これらに関連《かんれん》するあらゆる事業等々《じぎょうとうとう》

されば、その契機《けいき》となるべき貴《き》ランパル家《け》飼育《しいく》の小《こ》鳥《とり》ピルル殿《どの》ならびに飼育者《しいくしゃ》たるポール・ランパル殿《どの》の、コンクールへの出場《しゅつじょう》を村《むら》をあげて要請《ようせい》するものなり。

本議題《ほんぎだい》はペルソナ村《むら》 村議会緊急会議《そんぎかいきんきゅうかいぎ》において、全会一致《ぜんかいいっち》により決《けっ》せられたることを証《しょう》す。

本議決《ほんぎけつ》に従《したが》い村長《そんちょう》はすみやかに本議決《ほんぎけつ》を実施《じっし》にうつすこととした。

ステファン王《おう》の十六年《じゅうろくねん》 五月《ごがつ》 十八日《じゅうはちにち》
コリヌ県《けん》 ペルソナ村《むら》 村議会議長《そんぎかいぎちょう》 アルフォンス・ロッシェ
コリヌ県《けん》 ペルソナ村《むら》 村長《そんちょう》 ジョルジュ・アルダン

ダニエル・ランパル殿《どの》
ポール・ランパル殿《どの》
ランパル家《け》ピルル殿《どの》

付記《ふき》
コンクール出場《しゅつじょう》にさいして要《よう》する諸費用《しょひよう》は、当村《とうそん》の産業育成費《さんぎょういくせいひ》ならびに文化事業《ぶんかじぎょう》費《ひ》より貴殿《きでん》に特別《とくべつ》に支払《しはら》われるものとする。
村長《そんちょう》はせきばらいをひとつして、その書《か》き物《もの》をダニエルじいさんにわたしました。

書《か》き物《もの》にはむずかしい言葉《ことば》がたくさんあって、それを見《み》てもまだダニエルじいさんにはよくわかりません。様子《ようす》を察《さっ》した助役《じょやく》は説明《せつめい》をはじめました。

「ランパルさん。これはまたとないチャンスですよ。コンクール出場《しゅつじょう》でかかるお金《かね》は村《むら》から、いや村長《そんちょう》さんのはからいであなたに支《し》払《はら》われるんです。なにも心配《しんぱい》なことはありませんよ」

「しかし……」

おじいさんは、口《くち》ごもります。

「それに、ほら、ランパルさん。王《おう》さまのおふれにもあったように、優勝《ゆうしょう》すればあなたの家《いえ》は二《に》年間《ねんかん》も税金《ぜいきん》がめんじょされるのですよ。ね、ランパルさん。すごい話《はなし》じゃないですか」

おじいさんは困《こま》りました。

「もちろん、それはわかっておりますが。そのことはまあ、たしかに、悪《わる》い話《はなし》ではありません。王《おう》さまもうまいことをお考《かんが》えになったもので……」

「では、出場《しゅつじょう》されますな」

「ちょっと、お待《ま》ちください。これればかりは私《わたし》が勝手《かって》に決《き》めるわけにはいきません。ポールとピルルが承知《しょうち》しませんと」

ここが大切《たいせつ》とばかり、助役《じょやく》は力《ちから》をいれて話《はな》します。

「それはそうだ。もちろん、ポールの賛成《さんせい》がなくてははじまりません。しかしランパルさん、これは村《むら》の名誉《めいよ》にもかかわることですよ。なんといったって、あなた、王《おう》さまの前《まえ》でうたうんですから！　私《わたし》たちもしっかり応援《おうえん》についているんです。心《しん》配《ぱい》はないですよ。なにしろペルソナ村《むら》の代表《だいひょう》チームですからね。村《むら》の衆《しゅう》はみんな、もうその気《き》になっているんです。ピルルが優勝《ゆうしょう》してくれれば、私《わたし》たちの村《むら》が国《くに》じゅうで有名《ゆうめい》になる。するとどうなると思《おも》います？」

助役《じょやく》のおでこには、汗《あせ》が光《ひか》っています。

「そのことが、まさにこの特別要請状《とくべつようせいじょう》に書《か》いてあるんです。この村《むら》ぜんたいが栄《さか》えるんですよ。そのうえ、あなたもポールも有名人《ゆうめいじん》だ。ランパル家《け》には、ピルルを見《み》るためにおおぜいの人《ひと》がやってくるんです。なんなら、家《いえ》の前《まえ》にカフェをつくればいい」

そこまで話《はな》しかけて助役《じょやく》は、こいつはわれながらいい考《かんが》えに気《き》がついたと、得意《とくい》になりました。

「そう、お客《きゃく》さんにそのカフェでひといきいれてもらうんですよ。『カフェ・ランパル』でね。ほら、あんたの家《いえ》にはボダイジュの木《き》がある。奥《おく》さんとお嫁《よめ》さんは、その花《はな》でティユール茶《ちゃ》をつくっているじゃないですか。いつか飲《の》ませてもらったけど、いいお茶《ちゃ》でしたよ。あれをお客《きゃく》さんにお出《だ》しなさい」

「うん、それはいい考《かんが》えだ。『カフェ・ランパル』か。名前《なまえ》も決《き》まったな。これはいい」

村長《そんちょう》も賛成《さんせい》しました。ここは村長《そんちょう》として、どうしてもダニエルじいさんに賛成《さんせい》してもらわなくてはなりません。

「ちょっとしたパイなんでも、どうですかな」

こんどは村会議長《そんかいぎちょう》が加勢《かせ》します。

「なにしろ遠《とお》くからやってくる人《ひと》というものは、たいていおなかをすかしていますからな」

「そうそう、議長《ぎちょう》。あなたご存《ぞん》じかな。ここの奥《おく》さんのつくるフォアグラは、なかなか評判《ひょうばん》だというじゃないですか」

「なるほど、それならフォアグラも出《だ》したらいいでしょう。すばらしいカフェになりますぞ」

村長《そんちょう》と議長《ぎちょう》と助役《じょやく》は、すっかりその気《き》になってしまいました。ダニエルじいさんは、ポールがなんというかと心配顔《しんぱいがお》をしています。おばあさんとお母《かあ》さんも、どうなることかと気《き》をもんでいます。それを見《み》た助役《じょやく》は、すかさずいいました。

「ランパルさん。あ、それに奥《おく》さんたちも。こういっちゃなんですが、村長《そんちょう》さんの立場《たちば》も少《すこ》しは考《かんが》えてあげなくてはね。亡《な》くなった息子《むすこ》さんや、戦死《せんし》したお孫《まご》さんのことを考《かんが》えて、なんとかランパル家《け》をゆたかにしてあげたいと、こうしてわざわざ訪《たず》ねてきたんですからね。それに、村《むら》びとみんなのためを思《おも》って、考《かんが》えたことなんですから」

「ポールに話《はな》してみましょう。おっつけ帰《かえ》ってきますから」

ダニエルじいさんは、そういうしかありませんでした。

「村長《そんちょう》の私《わたし》としては、ここはひとつあなたに出場《しゅつじょう》をつよく要請《ようせい》しておきます。ランパルさん、これにはペルソナ村《むら》の未来《みらい》がかかっているのですぞ」

村長《そんちょう》がそういうと、助役《じょやく》はまたつづけました。

「この村《むら》に人《ひと》がおおぜい訪《たず》ねてくるようになれば、活気《かっき》が出《で》ます。市場《いちば》もさかんになるし、とまり客《きゃく》も出《で》てくる。そうなれば、ランパルさん。村《むら》の小《ちい》さな宿屋《やどや》やレストランにもお客《きゃく》さんがふえる。そうでしょう？　村《むら》の農作物《のうさくぶつ》も、もちろんお宅《たく》の作《さく》物《もつ》もよく売《う》れるようになる。そして、ますます村《むら》にやってくる人《ひと》がふえる。しぜんと村《むら》の収入《しゅうにゅう》が多《おお》くなって村《むら》がゆたかになる。

そうなれば、村《むら》びとの税金《ぜいきん》だって、安《やす》くすることができるかもしれないんです。ね、そういうわけなんですよ、ランパルさん」

「なるほど、そうですか」

「まあ、それがうまい政治《せいじ》というものなんだ。わかるでしょうな、ランパルさん」

村長《そんちょう》が念《ねん》をおしました。そして、三人《さんにん》は帰《かえ》っていきました。

6

山羊《やぎ》の世話《せわ》からポールが戻《もど》ってきました。

おじいさんはポールに、村長《そんちょう》たちが来《き》たことを話《はな》して聞《き》かせました。

「だめだよ」

ポールはいいます。

「だってピルルはね、ほんとうはおおぜい人《ひと》がいるところでうたうの、好《す》きじゃないんだもの。おじいさんも知《し》っているでしょ。ピルルはね、あの林《はやし》の中《なか》でうたうのが好《す》きなんだ」

「うーん、やっぱりそうか」

「ピルルはね、あの林《はやし》でケガをして落《お》ちていた。それをフィリップ兄《にい》さんとぼくが助《たす》けてあげたでしょ。ピルルは、あの林《はやし》のことをしっかり覚《おぼ》えていると思《おも》うの」

「そうじゃな。ピルルはあそこで生《う》まれたようなものだな。だから、あそこがおまえたちのいちばんお気《き》に入《い》りなんだな」

おじいさんにもポールの気持《きも》ちはよくわかります。

「ひと晩《ばん》、考《かんが》えるとしよう」

そうして、日《ひ》は暮《く》れました。

つぎの日《ひ》、ポールが学校《がっこう》に行《い》っている間《あいだ》に、また村長《そんちょう》と村会議長《そんかいぎちょう》がやってきました。

「おはようダニエル。いい天気《てんき》ですな。どうですか、ポールは喜《よろこ》んでくれたでしょうな」

ダニエルじいさんは、ふかく頭《あたま》を下《さ》げました。

「まことに、申《もう》しあげにくいのですが村長《そんちょう》さん。ですが、このお話《はなし》はなかったことにしていただけませんか」

「なんですと！　こんないい話《はなし》を、なかったことにだと？」

村長《そんちょう》は怒《おこ》ってしまいました。

「聞《き》いてあきれる！」

村会議長《そんかいぎちょう》も、大《おお》きな声《こえ》を出《だ》しました。

「またとないチャンスを逃《のが》すとは。バカもいいかげんにしなさい！　とうてい考《かんが》えられませんぞ。あんまりだ。わがままが過《す》ぎる！」

村長《そんちょう》はそういうと、大《おお》きな息《いき》をひとつしました。

「ランパルさん、あなたもわかっているでしょうな」

と議長《ぎちょう》。

「わが村議会《そんぎかい》ではだれひとり反対《はんたい》する者《もの》なく、満場一致《まんじょういっち》の挙手《きょしゅ》と拍手《はくしゅ》で決《き》めたんです。村《むら》の議会《ぎかい》で決《き》めたことは、これは村《むら》の法律《ほうりつ》ですぞ。法律《ほうりつ》は守《まも》らなければならない。あなたも村民《そんみん》なら、わかっているはず。すでに決《き》まったことなんです、これは」

「考《かんが》え直《なお》しなさい。困《こま》った人《ひと》だ」

あさって来《く》ると村長《そんちょう》はいい残《のこ》すと、議長《ぎちょう》をうながして役場《やくば》へ帰《かえ》っていきました。

ランパルの家《いえ》の人《ひと》は、ふかいため息《いき》をつきました。


ダニエルじいさんはおばあさんとお母《かあ》さんと三人《さんにん》で、ながいこと話《はな》し合《あ》いました。そして、学校《がっこう》から帰《かえ》ってきたポールを、おじいさんは林《はやし》に連《つ》れ出《だ》しました。ポールはピルルの鳥籠《とりかご》をさげています。

ダニエルじいさんは、もう年齢《ねんれい》が七十歳《ななじゅっさい》をこえています。この先《さき》いつまでも元気《げんき》でいるというわけにはいきません。おばあさんもおなじです。ふたりはポールが若《わか》者《もの》になって、お母《かあ》さんを助《たす》けて農家《のうか》をやっていけるまで生《い》きていたいと思《おも》っていました。

ランパルの家《いえ》には、お父《とう》さんと兄《にい》さんという二人《ふたり》の男《おとこ》の働《はたら》き手《て》がいません。二人《ふたり》の老人《ろうじん》と女《おんな》ひとりで農業《のうぎょう》をやっていくのは、たいへんなことでした。仕事《しごと》は農作業《のうさぎょう》や家畜《かちく》の世話《せわ》だけではありません。ポールをりっぱに育《そだ》てなければなりません。それに、役場《やくば》や村《むら》の人《ひと》たちとの付《つ》き合《あ》いもあります。

ダニエルじいさんは、そういうランパルの家《いえ》の事情《じじょう》をポールに話《はな》して聞《き》かせました。

「もし、わしとおばあさんが死《し》んだら、おまえはお母《かあ》さんと二人《ふたり》きりになってしまう。お母《かあ》さんひとりではとても畑仕事《はたけしごと》や家畜《かちく》の世話《せわ》はできんだろう」

「ぼくが手伝《てつだ》うよ」

「もちろん。といってポール、おまえはまだ畑仕事《はたけしごと》ができるわけではない。ざんねんだが、まだ一人前《いちにんまえ》ではないんだ」

「おじいさん……」

ポールは胸《むね》がこみあげてきました。それは、いつかは、と恐《おそ》れていたことです。

ダニエルじいさんは、そのことをポールにはっきり話《はな》したのです。

「これからは、暮《く》らしのやりかたや家計《かけい》の工夫《くふう》をしないといけない。これまで通《どお》りの働《はたら》きかたでは、おまえたちはやっていけないのだよ」

「どうすれば、やっていけるようになるの？」

「それがむずかしいのさ。農作業《のうさぎょう》や家畜《かちく》の世話《せわ》はいくら働《はたら》いても、たくさんのお金《かね》にならない。わかるだろう？　だから、おまえとお母《かあ》さんの二人《ふたり》でも暮《く》らしていけるような、なにか工夫《くふう》しなくてはと思《おも》っておったんだ。そういうところに、こんどの村長《そんちょう》さんたちの話《はなし》だ。ポール、怒《おこ》ってはいけないよ。わしはなあ、じつは、もしかしたら、これは少《すこ》しはいい話《はなし》かもしれないと、そう思《おも》ったんだ」

「村長《そんちょう》さんのいうとおりにすれば、お母《かあ》さんが楽《らく》になるの？」

「まあ、あの人《ひと》たちがいうほど、かんたんとは思《おも》えんがね。だが、なにか糸口《いとぐち》がつかめるかもしれんな」

「そうなれば、おじいさんとおばあさんは安心《あんしん》できるの？」

「ああ、それはかなり安心《あんしん》だ。庭《にわ》にテーブルと椅子《いす》をおいて、つまりカフェのようなものをつくるんだ。そこでお客《きゃく》さんにティユール茶《ちゃ》を飲《の》んでもらったり、パイや山羊《やぎ》のチーズやフォアグラを食《た》べてもらえればな。ついでに、おみやげにも買《か》ってもらえればな。そうなれば、市場《いちば》にもっていくよりはずっといい。わざわざ出《で》かけて行《い》かなくてもいいんじゃから。からだも楽《らく》だ。それには、おまえとピルルをみんなに知《し》ってもらうことが大切《たいせつ》なんだよ」

「おじいさんとおばあさんもカフェで働《はたら》くの？」

「おばあさんは働《はたら》くじゃろう。農作業《のうさぎょう》よりはからだも楽《らく》だし、パイをつくるのも山羊《やぎ》のチーズをつくるのも得意《とくい》だ」

「うん、そうだね。おばあさんのチーズやパイなら自慢《じまん》できるね」

「あんがい、長生《ながい》きできるかもしれんな」

「そうなるといいね。でも、おじいさんは？」

「わしのやることはいっぱいあるさ。農作業《のうさぎょう》もあるし、ガチョウの世話《せわ》もある。ガチョウだって、もうすこしふやしたい。お客《きゃく》さんがどんなものをほしいのか考《かんが》えることもしなくてはな。それに、まだある。村《むら》の人《ひと》たちとの付《つ》き合《あ》いはわしの大切《たいせつ》な仕事《しごと》だ。おまえが一人前《いちにんまえ》になるまでは」

「ぼくにも手伝《てつだ》えること、あるかな」

「あるどころじゃないよ、ポール。おまえとピルルがいるから、そのカフェもつくることができるんだ。山羊《やぎ》の世話《せわ》だってやっているじゃないか。そうだろう、ポール？」

おじいさんはポールの顔《かお》をのぞきこみました。そして、ポールの肩《かた》に手《て》をおいていいました。

「どうかな、ポール」

「わかったよ、おじいさん。ぼく、やってみるよ。ピルルも聞《き》いていたから、きっとわかってくれると思《おも》うな。ね、ピルル」

ピルルは「ピルエート」と鳴《な》きました。

ポールはおじいさんの話《はなし》を聞《き》き入《い》れました。まずしい家《いえ》で税金《ぜいきん》がめんじょになったり、お母《かあ》さんたちがお店《みせ》をひらいて、自分《じぶん》たちでつくるティユール茶《ちゃ》やシェーブルチーズやフォアグラが売《う》れるようになれば、暮《く》らしはよほど楽《らく》になるはずです。

「いいの、ポール？　ほんとうにおまえ、コンクールに出《で》てくれるんだね」

お母《かあ》さんは心配《しんぱい》そうに、でもこころからよろこんでいいました。

7

『小鳥《ことり》の歌声全国《うたごえぜんこく》コンクール』がはじまりました。それぞれの地域《ちいき》で競《きそ》い合《あ》い、勝《か》ち残《のこ》った小鳥《ことり》たちは大《おお》きな町《まち》のコンクールにあがっていきます。そのもようは、つぎつぎに知《し》らされました。どこの町《まち》や村《むら》でも、そのうわさでもちきりです。

そして、とうとう優勝《ゆうしょう》をきめる最後《さいご》のコンクールが迫《せま》ってきました。

ポールとピルルは、いくつかの地域《ちいき》のコンクールを勝《か》ちぬきました。上《うえ》のコンクールになるにつれて、歌合戦《うたがっせん》はむずかしくなります。ポールは心配《しんぱい》になってきました。これからも、ピルルはうまくうたってくれるだろうか。疲《つか》れてしまわないだろうか。もっとうまい小鳥《ことり》がでてきたら……。

考《かんが》えると不安《ふあん》は大《おお》きくなります。おじいさんは、あわててはいけない、というのですが。

「いつものおまえで、いつものピルルでうたわせることじゃな。おまえの林《はやし》でうたう気持《きも》ちをそのまま、お城《しろ》にもっていくがいい。そうすれば、ピルルはきっといい歌《うた》をうたってくれる。ピルルを信《しん》じるんじゃ」

それでもポールは不安《ふあん》でした。

そんなポールの様子《ようす》を見《み》て、お母《かあ》さんがいいました。

「ねえ、ポール。ピルルをもっとほめてあげなさい。小鳥《ことり》だって子《こ》どもとおんなじよ」

「えっ。ピルルが子《こ》どもと？」

「ピルルは小鳥《ことり》よ。でも小鳥《ことり》を育《そだ》てるのは、人間《にんげん》の子育《こそだ》てと似《に》ていると思《おも》うの。ほら、子《こ》どもってほめてあげると、ニコニコして顔《かお》があかるくなるわ。目《め》が輝《かがや》くでしょ。ポールも兄《にい》さんも、そうだった。父《とう》さんと私《わたし》は、そうやって兄《にい》さんとおまえを育《そだ》てることに決《き》めていたの。なにか、よいところを見《み》つけたら、気持《きも》ちよくほめてあげようって。それがたとえ、とっても小《ちい》さなことでもね」

ポールはお母《かあ》さんの顔《かお》を見上《みあ》げました。

「するとその子《こ》は、そのことがきっと好《す》きになるわ。好《す》きになるともっと上手《じょうず》にやることができる。それを見《み》たら、またほめてあげるの。するとその子《こ》は、ますますそれをするのが好《す》きになって、そのうえ、自信《じしん》がつくのよ」

「ふーん。それで兄《にい》さんは笛《ふえ》があんなに上手《じょうず》になったの?」

「そうよ。ほんとうにいい笛吹《ふえふ》きだったわね。村《むら》の人《ひと》たちも、兄《にい》さんの笛《ふえ》でいい音楽《おんがく》を楽《たの》しんだわ。おまえだっておんなじよ。おまえがピルルを愛《あい》しているのが、母《かあ》さんはとってもうれしい。だからピルルを、もっとほめてあげるといい。きっといい歌《うた》をうたってくれるわよ」

ポールは、おじいさんとお母《かあ》さんにいわれたことを、胸《むね》にしっかりしまいました。

まいにち林《はやし》に行《い》ってピルルと話《はなし》をし、笛《ふえ》を吹《ふ》いてピルルをさそいます。よく晴《は》れたある日《ひ》、ポールは林《はやし》の中《なか》でこんな気持《きも》ちになりました。

いちばんはじめに
あったもの
それは　なに
それは　そら
ちがう　ちがう
それは　やま
ちがう　ちがう
それは　ひかり

かみさまがつくった
つぎのもの

それは　なに
それは　いのち
いのちが　ピルルを
はこんできた
ピルルは　うたう
よろこびの　うた
なぐさめの　うた

ピルルは　うたう
いのちの　うた
そして　そして
しあわせの　うた

その詩《し》のようなものをピルルに話《はな》しかけました。そして、ことばをのせるように笛《ふえ》を吹《ふ》きました。ピルルはすぐうたいはじめました。その歌《うた》は、これまで聞《き》いたことのないほどきれいな歌《うた》でした。

「いいぞ、ピルル。その調子《ちょうし》。いい歌《うた》だよ」

ポールはだんだん、コツがわかってきたような気《き》がしました。

そして、ついに最後《さいご》のコンクールに出場《しゅつじょう》がきまりました。ポールはおじいさんのダニエルにつれられて、王《おう》さまのお城《しろ》に行《い》くことになりました。村長《そんちょう》と村会議長《そんかいぎちょう》もいっしょです。いつかの助役《じょやく》をつれています。その日《ひ》、いちばん晴《は》れやかな顔《かお》をしていたのは村長《そんちょう》さんでした。ピルルはペルソナ村《むら》の代表《だいひょう》だからです。

決勝《けっしょう》は、二日間《ふつかかん》にわたって行《おこな》われます。そこには全国《ぜんこく》から選《えら》ばれた歌上手《うたじょうず》の小鳥《ことり》たちが集《あつ》まります。いよいよ、王《おう》さまの前《まえ》でうたうのです。

王《おう》さまは貴族《きぞく》たちをまねきました。これまで武術《ぶじゅつ》の競《きそ》い合《あ》いはあっても、小鳥《ことり》の歌声《うたごえ》を競《きそ》うコンクールはありませんでした。よその国《くに》にもありません。王《おう》さまは、貴族《きぞく》や外国《がいこく》の大使《たいし》やその奥方《おくがた》やお嬢《じょう》さまもまねきました。広間《ひろま》は、見《み》たこともない華《はな》やかな空気《くうき》がただよっています。

お城《しろ》の前《まえ》の広場《ひろば》には、全国各地《ぜんこくかくち》からおおぜいの人《ひと》が集《あつ》まっています。それはそれはたいへんなにぎわいです。広場《ひろば》には大《おお》きなかんばんが立《た》ちました。小鳥《ことり》と飼《か》い主《ぬし》の名前《なまえ》が書《か》かれているのです。おおぜいの人《ひと》がそれを見《み》て、いい歌《うた》をうたう小鳥《ことり》のうわさをしています。

お城《しろ》の上《うえ》には報告係《ほうこくがかり》の兵士《へいし》がのぼっています。兵士《へいし》は二手《ふたて》に分《わ》かれて、青《あお》い旗《はた》と赤《あか》い旗《はた》を掲《かか》げています。どちらか勝《か》った小鳥《ことり》を、その旗《はた》で知《し》らせるのです。手《て》にはラッパをもっています。ひと勝負《しょうぶ》がつくごとに、ラッパを吹《ふ》いて知《し》らせます。集《あつ》まった人《ひと》たちは、最後《さいご》に勝《か》つのはどの小鳥《ことり》かと、かたずをのんで見《み》まもります。

町《まち》じゅうが大《おお》にぎわいになりました。店《みせ》という店《みせ》はとくべつの売《う》り出《だ》しをしたり、お客《きゃく》さんをうけいれようと工夫《くふう》をこらします。これまでなかったような、お祭《まつ》りのにぎわいになりました。

たくさんの小鳥《ことり》がそれぞれお得意《とくい》の歌《うた》をうたい、八羽《はちわ》の小鳥《ことり》がのこりました。さすがにどの小鳥《ことり》もいい姿《すがた》をしています。そして歌《うた》も上手《じょうず》でした。その八羽《はちわ》が歌《うた》を競《きそ》い合《あ》うのです。三回《さんかい》の勝《か》ち抜《ぬ》きで、優勝《ゆうしょう》がきまります。

王《おう》さまや王妃《おうひ》さま、王子《おうじ》や王女《おうじょ》さま。貴族《きぞく》とその家族《かぞく》、そして外国《がいこく》の大使《たいし》と家族《かぞく》たちはみなきれいな服《ふく》を着《き》ています。なんと華《はな》やかな広間《ひろま》の様子《ようす》でしょう。

小鳥《ことり》たちは、つぎつぎに歌《うた》をうたっていきました。なかには緊張《きんちょう》のあまり、とちゅうでうたえなくなってしまう小鳥《ことり》もありました。ポールはピルルに話《はな》しかけながら、できるだけ林《はやし》のなかにいる気持《きも》ちを思《おも》い出《だ》させました。ピルルもそれにこたえて二回戦《にかいせん》まで勝《か》ちぬきました。

いよいよ決勝《けっしょう》です。相手《あいて》の鳥《とり》は黄色《きいろ》をしたきれいな姿《すがた》の小鳥《ことり》でした。「まあ、きれい」とか「なんてすてきな姿《すがた》でしょう」などという声《こえ》が聞《き》こえてきます。

広間《ひろま》のだれもが息《いき》をのんで見《み》まもっています。ポールは、深呼吸《しんこきゅう》をすると、腰《こし》の笛《ふえ》をとりだしてみじかく吹《ふ》きました。それから、林《はやし》のなかで話《はな》して聞《き》かせたあの詩《し》を、ちいさな声《こえ》で話《はな》しかけます。

……………

かみさまがつくった
つぎのもの
それは　なに
それは　いのち
いのちが　ピルルを
はこんできた
ピルルは　うたう
よろこびの　うた
なぐさめの　うた

ピルルは　うたう
いのちの　うた
そして　そして
しあわせの　うた

そう話《はな》しかけながら、しずかに籠《かご》の扉《とびら》をあけました。ピルルはいつものように、まずポールの手《て》にとまり、それから肩《かた》へ、そして帽子《ぼうし》にとまります。首《くび》をあげて「ピルエート」と、ひと声《こえ》きれいに鳴《な》きました。

そして、うたいはじめました。それはふつうの小鳥《ことり》のさえずりとはちがう、ピルルだけの歌《うた》でした。ピルルはポールが語《かた》った詩《し》を、ピルルの声《こえ》でうたったのです。うたいあげるように、そして語《かた》りかけるように。ピルルの歌《うた》は、広間《ひろま》に集《あつ》まった人《ひと》びとの胸《むね》にしみこんでいくようでした。

うたいおわったとき、広間《ひろま》はしーんと静《しず》まりかえりました。だれもかれもが、ピルルの歌《うた》に聞《き》きほれてしまったようです。こころにしみる歌《うた》だったので、声《こえ》も出《で》なかったのでしょう。

しばらくたって、王《おう》さまが拍手《はくしゅ》をしました。すると、はじけるようにいっせいに拍手《はくしゅ》が起《お》こり、広間《ひろま》にこだましました。いつまでも拍手《はくしゅ》はつづきます。

ふと見《み》ると、おおぜいのお客《きゃく》さまにまじって、いつかのカテドラルの神父《しんぷ》さまの姿《すがた》も見《み》えます。神父《しんぷ》さまはおだやかな笑顔《えがお》で拍手《はくしゅ》をして、ポールたちを見《み》ています。ダニエルじいさんと神父《しんぷ》さまの目《め》があいました。神父《しんぷ》さまは静《しず》かにうなずきました。おじいさんは目《め》でこたえて、頭《あたま》をさげました。

ポールはどういうことになったのか、しばらくのあいだわかりません。おおぜいの人《ひと》たちがピルルをたたえて話《はな》し合《あ》う声《こえ》で、広間《ひろま》はわーんというこだまに包《つつ》まれています。そのなかを係《かか》りの官吏《かんり》があわただしく動《うご》きます。なにかを集《あつ》めています。

それは投票用紙《とうひょうようし》でした。王《おう》さまをはじめ王妃《おうひ》さま、まねかれた貴族《きぞく》や外国《がいこく》の大使《たいし》、そしてその家族《かぞく》たちが選《えら》んだ小鳥《ことり》の名前《なまえ》を書《か》いた紙《かみ》を集《あつ》めているのでした。そのあいだ給仕《きゅうじ》たちはお客《きゃく》さまに飲《の》み物《もの》を配《くば》っています。

大臣《だいじん》のひとりが王《おう》さまの前《まえ》にすすみ出《で》ます。集《あつ》めた投票用紙《とうひょうようし》の束《たば》とはべつに、一《いち》枚《まい》の紙《かみ》を手《て》にしています。それを王《おう》さまにさし出《だ》しました。王《おう》さまはそれを見《み》て三《さん》回《かい》うなずきました。そして、となりの王妃《おうひ》さまにわたします。王妃《おうひ》さまはそれを見《み》ると、にっこりほほえんで王《おう》さまにその紙《かみ》をかえしました。

王《おう》さまは、ひとつせきばらいをしました。広間《ひろま》がしーんと静《しず》かになりました。

「余《よ》も、王妃《おうひ》も異存《いぞん》はない。大臣《だいじん》、選考《せんこう》の結果《けっか》を報告《ほうこく》するがよい」

すると大臣《だいじん》は、広間《ひろま》に集《あつ》まったお客《きゃく》さまに見《み》えるようにその紙《かみ》をかかげ、厳《おごそ》かな声《こえ》で読《よ》みあげました。

「第一回《だいいっかい》小鳥《ことり》の歌声《うたごえ》全国《ぜんこく》コンクールの結果《けっか》を発表《はっぴょう》します。厳正《げんせい》なる選考《せんこう》により、優《ゆう》

「勝者《しょうしゃ》は、コリヌ県《けん》ペルソナ村《むら》のポール・ランパル十一歳《じゅういっさい》の所有《しょゆう》になる小鳥《ことり》ピルルと決定《けってい》しました」

わあっ！　という歓声《かんせい》と拍手《はくしゅ》が、あらしのようにわき起《お》こりました。しばらくのあいだ、歓声《かんせい》と拍手《はくしゅ》がつづきました。

ダニエルじいさんは、ポールをつよく抱《だ》きしめました。やっとわれに返《かえ》ったポールは、おじいさんの腕《うで》のなかでふかい息《いき》をしました。

「ピルルは勝《か》ったんだね」

「そうとも、ポール。優勝《ゆうしょう》じゃ」

ポールは、こんなにも幸《しあわ》せそうなおじいさんの顔《かお》を、見《み》たことがありませんでした。ピルルは、ポールとおじいさんの頭《あたま》の上《うえ》をひとまわり飛《と》びました。そして、鳥《とり》籠《かご》にもどりました。

村長《そんちょう》と村会議長《そんかいぎちょう》が二人《ふたり》に近《ちか》づきます。助役《じょやく》がいそいであとを追《お》います。

「いやいやいや。ポール、なんともなんとも。おめでとう。おめでとう」

村長《そんちょう》は感激《かんげき》しすぎて、ことばがでません。なんどもなんどもうなずいています。

「ランパルさん、よくやってくれましたな。全国大会《ぜんこくたいかい》で、みごと優勝《ゆうしょう》とは。わがペルソナ村《むら》の名誉《めいよ》は、これはもう……」

村会議長《そんかいぎちょう》がダニエルじいさんにお祝《いわ》いをいいます。

「さよう、わがペルソナ村《むら》の名誉《めいよ》だ。ポールとピルルは、なんともすごいことをやってくれたものだ。ランパルさんお礼《れい》をいいますぞ」

ようやく落《お》ちつきをとりもどして、村長《そんちょう》はダニエルじいさんにお礼《れい》をいいました。


いよいよ表彰式《ひょうしょうしき》です。最後《さいご》にのこった八人《はちにん》と八羽《はちわ》の小鳥《ことり》が表彰《ひょうしょう》を受《う》けます。係《かか》りの役人《やくにん》がよくひびく声《こえ》で表彰状《ひょうしょうじょう》を読《よ》みあげると、受賞者《じゅしょうしゃ》は小鳥《ことり》といっしょに前《まえ》にすすみ、大臣《だいじん》から賞状《しょうじょう》とごほうびをさずかります。

まず四羽《よんわ》の奨励賞《しょうれいしょう》が終《お》わると、つぎはその上《うえ》の優秀賞《ゆうしゅうしょう》です。さかんな拍手《はくしゅ》のなかで、二羽《にわ》とその飼《か》い主《ぬし》が表彰《ひょうしょう》され、賞状《しょうじょう》とごほうびを大臣《だいじん》からいただきました。最《さい》後《ご》は、決勝戦《けっしょうせん》を競《きそ》った二羽《にわ》とその飼《か》い主《ぬし》の表彰《ひょうしょう》です。この二人《ふたり》と二羽《にわ》には、王《おう》さまがご自分《じぶん》で賞状《しょうじょう》とほうびをわたします。

ファンファーレが鳴《な》って広間《ひろま》のふんいきは高《たか》まるばかりです。係《かか》りの役人《やくにん》も、いっそう高《たか》まる声《こえ》で読《よ》みあげます。

「準優勝《じゅんゆうしょう》、ルウェスト県《けん》バルヴィル市《し》アルフレッド・ビゼならびにその小鳥《ことり》フォンテンヌ」

アルフレッド・ビゼと呼《よ》ばれた男《おとこ》の人《ひと》が、うやうやしく王《おう》さまの前《まえ》にすすみ出《で》ました。籠《かご》には、フォンテンヌという名《な》の小鳥《ことり》がいます。黄色《きいろ》をした、あのきれいな小鳥《ことり》です。姿《すがた》はピルルよりよほどよく、だれもがこの鳥《とり》が優勝《ゆうしょう》するだろうとうわさをしていたのでした。

アルフレッド・ビゼは貿易《ぼうえき》の商売《しょうばい》をしていました。たびたび船《ふね》で外国《がいこく》にも出《で》かけ、いろいろな島《しま》からめずらしい小鳥《ことり》を買《か》ってきていました。コンクールに参加《さんか》したのは、そのなかでもとくべつ自慢《じまん》の黄色《きいろ》の小鳥《ことり》で、カナリア諸島《しょとう》から買《か》ってきたものでした。それで、その鳥《とり》はカナリアと呼《よ》ばれるようになっていました。

カナリアのきれいな姿《すがた》は、それだけでもじゅうぶん人目《ひとめ》をひきます。そのうえ、さえずりがとても上手《じょうず》なので評判《ひょうばん》が評判《ひょうばん》をよんで、人気《にんき》が高《たか》くなっていました。王《おう》さまもそのうわさをご存《ぞん》じでしたし、貴族《きぞく》のひとりから贈《おく》り物《もの》としてもらったこともありました。

アルフレッド・ビゼは優勝《ゆうしょう》を逃《のが》しましたが、自分《じぶん》のカナリア「フォンテンヌ」が王《おう》さまからじきじきに賞状《しょうじょう》とごほうびをいただくだけで、十分《じゅうぶん》にまんぞくでした。なぜなら広間《ひろま》に集《あつま》った貴《き》族《ぞく》やその奥方《おくがた》やお嬢《じょう》さま、それに外国《がいこく》の大使《たいし》夫《ふ》妻《さい》たちが、みんなフォンテンヌの姿《すがた》を見《み》ましたし、そのさえずりのよさにため息《いき》をついて聞《き》きほれていたからです。きっと、カナリアの人気《にんき》はさらに増《ま》して、たくさんの人《ひと》が買《か》ってくれるにちがいないと思《おも》ったのです。

ついにポールとピルルが、王《おう》さまの前《まえ》に進《すす》み出《で》るときがきました。係《かか》りの役人《やくにん》が、晴《は》れやかに読《よ》みあげます。

「優勝《ゆうしょう》！　コリヌ県《けん》はペルソナ村在住《むらざいじゅう》、ポール・ランパル、十一歳《じゅういっさい》、ならびにその小鳥《ことり》ピルル！」

ファンファーレが鳴《な》りひびきました。ポールは帽子《ぼうし》をとり、ピルルの籠《かご》を抱《だ》いて、王《おう》さまの椅子《いす》にむかって歩《ある》き出《だ》しました。すると、王《おう》さまは椅子《いす》から立《た》ち上《あ》がって、ポールのほうに二歩《にほ》、三歩《さんぽ》ふみだしました。ダニエルじいさんはおどろきました。

王《おう》さまはポールに近《ちか》づくとポールの肩《かた》に手《て》を置《お》いて声《こえ》をかけました。

「ポール・ランパル、でかしたぞ。そちの小鳥《ことり》ピルルの歌《うた》は、ことのほかこころにしみた。多《おお》くの客人《きゃくじん》たちも同感《どうかん》であったろう。王《おう》は約束《やくそく》どおり、そちのピルルの姿《すがた》を切手《きって》につくり、むこう二年間《にねんかん》わが国《くに》の記念切手《きねんきって》とする」

「ありがとうございます、王《おう》さま。ぼく、とてもうれしいです」

ポールはやっとのことで、お礼《れい》をいいました。王《おう》さまは賞状《しょうじょう》をポールに与《あた》えると、ダニエルじいさんを呼《よ》びました。そして、ごほうびの品《しな》を与《あた》えていいました。

「ランパル。聞《き》けば、ポールの兄《あに》は先《さき》の戦《いくさ》で名誉《めいよ》の戦死《せんし》をしたそうだな」

「はい、この子《こ》といっしょにこの小鳥《ことり》を救《すく》い、育《そだ》てておりました」

「さようか。気《き》のどくなことであった」

「お国《くに》のためでございます、陛下《へいか》」

すると、大臣《だいじん》がそばから王《おう》さまに耳打《みみう》ちをしました。

「なに、父親《ちちおや》も戦《いくさ》がもとで亡《な》くなったのか」

「はい」

王《おう》さまの顔《かお》がくもりました。が、すぐ威厳《いげん》をとりもどし、大臣《だいじん》になにか小声《こごえ》でいうと、王《おう》さまの椅子《いす》にもどりました。

ポールとおじいさんと、村長《そんちょう》、村会議長《そんかいぎちょう》、助役《じょやく》たちが村《むら》にもどったのは、その夜《よる》おそくのことでした。

8

ピルルを描《えが》いた記念切手《きねんきって》が、二《ふた》つつくられました。一《ひと》つはポールの頭《あたま》の上《うえ》で歌《うた》をうたっているピルル、もう一《ひと》つは小枝《こえだ》に止《と》まっているピルルです。それぞれ特別《とくべつ》な値段《ねだん》になっています。特別《とくべつ》な値段《ねだん》のぶんは、戦争《せんそう》で親《おや》や保護者《ほごしゃ》を失《うし》なった子《こ》どもたちの教育《きょういく》に使《つか》われることになりました。王《おう》さまがポールの兄《にい》さんとお父《とう》さんのことを知《し》って、そのようなはからいにしたのです。

その切手《きって》には、ピルルの名前《なまえ》と村《むら》の名前《なまえ》も書《か》いてあります。村長《そんちょう》さんがよろこんだのも無理《むり》はありません。もちろん、ランパルの家族《かぞく》にとっては、たいへん名誉《めいよ》なことでした。

ペルソナ村《むら》の名前《なまえ》は、たちまち全国《ぜんこく》に知《し》られるようになりました。するとあちこちから村《むら》を訪《たず》ねてくる人《ひと》があらわれ、村《むら》には活気《かっき》のようなものがでてきました。ぶどうやブルーベリーなどのくだもの、キャベツや、ジャガイモや、そら豆《まめ》や、アスパラガスなどの野菜《やさい》。そしてフォアグラや、いろいろなチーズや、蜂蜜《はちみつ》など、村《むら》の産物《さんぶつ》が売《う》れるようになりました。それにティユール茶《ちゃ》、バラ茶《ちゃ》などのハーブ茶《ちゃ》も、またヒヤシンスや、水仙《すいせん》や、矢車草《やぐるまそう》や、バラや、ひなげしや、ダリアなどの草花《くさばな》も、都会《とかい》の奥《おく》さんやお嬢《じょう》さんたちに好《この》まれました。ペルソナ村《むら》の花《はな》が、都会《とかい》の家《いえ》を飾《かざ》るようになったのです。

ポールの家《いえ》には、うわさを聞《き》いて国《くに》のあちこちから人《ひと》が訪《たず》ねてくるようになりました。庭先《にわさき》にはかんたんなカフェができました。物置小屋《ものおきごや》にあった古《ふる》い机《つくえ》を手入《てい》れして、テーブルクロスをかけると、おしゃれなテーブルになりました。椅子《いす》は二《ふた》つでは足《た》りなくなって、おじいさんがポールに手伝《てつだ》わせて三《みっ》つつくりました。ポールはピルルの籠《かご》を庭《にわ》にあるクルミの木《き》の枝《えだ》につるしました。お客《きゃく》さんはカフェでひと休《やす》みしながら、ピルルの歌《うた》を聞《き》いていきます。

おばあさんのマリーと、お母《かあ》さんのクリスティーヌがつくるフォアグラやシェーブルチーズは、おいしいので評判《ひょうばん》になりました。そして、お茶《ちゃ》は裏《うら》に植《う》えてあるボダイジュの花《はな》と葉《は》を日陰干《ひかげぼ》しにしたティユール茶《ちゃ》です。お母《かあ》さんはとても忙《いそが》しくなったので、ポールはいっしょうけんめいお母《かあ》さんの仕事《しごと》を手伝《てつだ》いました。


「ポール、どうしてうちのシェーブルとフォアグラがおいしいか、わかるかい？」

おばあさんが聞《き》きました。ポールは、それはおばあさんとお母《かあ》さんが山羊《やぎ》やガチョウを、とてもかわいがっているからだと思《おも》いました。

「そうだよ。おばあさんと母《かあ》さんはね、山羊《やぎ》のセリーヌやコリーヌたちからお乳《ちち》をしぼるとき、いつもありがとうといって、それから話《はな》しかけているのさ。お乳《ちち》を出《だ》してくれるのは山羊《やぎ》なんだからね。まず、感謝《かんしゃ》しなくては。だから山羊《やぎ》にいうのさ。いいお乳《ちち》だね、セリーヌ。おいしそうだねえ、コリーヌ。おまえたちのお乳《ちち》は最高《さいこう》だよ。おいしいシェーブルのもとを、きょうも私《わたし》たちにおくれね、って。おまえたちはえらい。草《くさ》を食《た》べておいしいお乳《ちち》を出《だ》してくれるんだから、って。そういいながらお乳《ちち》をしぼるのさ。それにおまえの世話《せわ》がいいから、山羊《やぎ》たちはみんな元気《げんき》だよ」

「ぼく、おばあさんがひとり言《ごと》をいっているのかと思《おも》ってた」

「ひとり言《ごと》かもしれないね。山羊《やぎ》はしゃべらないんだから。でもねポール、山羊《やぎ》はうれしそうな眼《め》をして私《わたし》たちを見《み》てるよ。私《わたし》たちのいうことがわかるらしいよ。だって、最後《さいご》にはおいしいシェーブルができるんだから」

「そうだよね、おばあさん。セリーヌやコリーヌたちはみんな、おばあさんとお母《かあ》さんのことが好《す》きなんだね。だからおばあさんたちのことばが、きっとわかるんだね」

「そうだよ。おまえのことばがピルルに通《つう》じるようにね。けっきょく、生《い》きものはみんな同《おな》じじゃないかな。だからガチョウたちにも、声《こえ》をかけているだろう。ガチョウたちからは、だいじなだいじなフォアグラをいただくんだからね」

「ガチョウも山羊《やぎ》も、うちの家族《かぞく》なんだものね」

とポールも思《おも》います。

「野菜《やさい》だって花《はな》だっておんなじさ。声《こえ》をかけて育《そだ》てていると、よく育《そだ》つような気《き》がするよ」


こうして、ランパル家《け》のまいにちは忙《いそが》しくなりました。農作物《のうさくぶつ》はよく売《う》れ、庭《にわ》さきのカフェにはお客《きゃく》さんが訪《おとず》れます。ティユール茶《ちゃ》とパイ菓子《がし》の評判《ひょうばん》も上々《じょうじょう》です。おみやげに『ランパル農家《のうか》のフォアグラ』や『ランパル農家《のうか》のシェーブル』を買《か》っていく人《ひと》もいます。たんせいこめて手《て》でつくる正直《しょうじき》な味《あじ》が、都会《とかい》に住《す》む人《ひと》にはめずらしいのです。たしかに、進《すす》んだ道具《どうぐ》で大量《たいりょう》につくるものとは、ひと味《あじ》ちがった田園《でんえん》の香《かお》りのようなものがありました。

そして、いろんな人《ひと》がピルルの歌《うた》を聞《き》かせに自分《じぶん》たちの町《まち》や村《むら》に来《き》てくれないか、とたのみにやってきました。たいていは、お礼《れい》はたっぷりするからというさそいです。全国《ぜんこく》をまわれば、ひともうけできるという商売《しょうばい》の話《はなし》もありました。

ランパル家《け》のだれもが、そういう話《はなし》にはのりません。ポールとピルルを見《み》せ物《もの》にする気《き》は、ぜんぜん起《お》きなかったのです。ポールは、もうピルルをおおぜいの人《ひと》の前《まえ》でうたわせる気《き》はありませんでした。林《はやし》の中《なか》で、そして家《いえ》ではクルミの木《き》の枝《えだ》で過《す》ごすのがピルルにとっていちばんいいことだと思《おも》っていました。

ピルルはじぶんの気《き》に入《い》ったときに、気《き》に入《い》った歌《うた》をうたっています。それはとてもきれいな、うっとりするような歌《うた》でした。

ピルルの記念切手《きねんきって》は国《くに》のなかだけでなく外国《がいこく》にも伝《つた》わりました。小鳥《ことり》の切手《きって》はそれまでなかったので、評判《ひょうばん》になりました。

おだやかで、でも、忙《いそが》しい農作業《のうさぎょう》とお客《きゃく》さま相手《あいて》の日《ひ》がつづきました。ポールがやがて一人前《いちにんまえ》の青年《せいねん》に育《そだ》てば、ランパル家《け》もなんとか暮《く》らしのかたちがととのうでしょう。

　そんなある日、村長《そんちょう》が人目《ひとめ》をさけて訪《たず》ねてきました。

「ランパルさん、私《わたし》といっしょに町《まち》まで行《い》ってくれんか。あのときの神父《しんぷ》さまがあんたに会《あ》いたいといっているんだ」

「いったい、なんの用事《ようじ》です、村長《そんちょう》さん」

「いや、私《わたし》にもわからんのだ。使《つか》いの者《もの》がさっき手紙《てがみ》をもってきたんだ」

「なんて書《か》いてあったんですか」

「それがさ、なにも要件《ようけん》は書《か》いてなくてね。ほら、この通《とお》り。ただ、『三日後《みっかご》の午後三時《ごごさんじ》、カテドラルにランパル氏《し》とともにご足労《そくろう》ねがいたし』とだけあるだろう」

「どういうことでしょう」

「わからんね。あんたのほうに、心当《こころあ》たりはないかと思《おも》ってね」

「いいえ。なにも」

「そうか。うーむ。で、どうかな。三日後《みっかご》の午後三時《ごごさんじ》に私《わたし》と町《まち》まで出《で》かけられるかな」

「お役《やく》に立《た》つのなら」

「それはありがたい。ただ、これは内々《ないない》のことらしいのだ」

三日目《みっかめ》に、二人《ふたり》は緊張《きんちょう》してカテドラルを訪《たず》ねました。聖堂《せいどう》の中《なか》はひんやりとしています。南側《みなみがわ》のステンドグラスを通《とお》して午後《ごご》の色《いろ》の光《ひかり》がさし込《こ》んできます。床の上《ゆかのうえ》に、その青《あお》い光《ひかり》や赤《あか》い光《ひかり》がななめに届《とど》いています。二人《ふたり》は、その色《いろ》の光《ひかり》を踏《ふ》みながら御堂《みどう》の奥《おく》にある神父《しんぷ》さまの部屋《へや》に案内《あんない》されました。

神父《しんぷ》さまの横《よこ》に身《み》なりのよい紳士《しんし》がいます。神父《しんぷ》さまがしんちょうな様子《ようす》でいいました。

「よいか、二人《ふたり》とも。きょう来《き》てもらったのは、私《わたし》の用事《ようじ》ではない。この方《かた》のご依頼《いらい》です。この方《かた》から聞《き》く話《はなし》は、決《けっ》してだれにももらしてはいけない。まず、それを神《かみ》さまの前《まえ》で約束《やくそく》しなさい。できるかな」

二人《ふたり》はただごとでないと、緊張《きんちょう》していいました。

「はい、神父《しんぷ》さま」

神父《しんぷ》さまはそれを聞《き》くと、紳士《しんし》を二人《ふたり》に紹介《しょうかい》しました。

「ペルソナ村村長《むらそんちょう》、そしてランパル。こちらはわが国《くに》の外務大臣《がいむだいじん》です。つつしんで大臣《だいじん》の話《はなし》をききなさい」

神父《しんぷ》さまは大臣《だいじん》に目《め》くばせをしました。

「よく来《き》てくれた。私《わたし》は外務大臣《がいむだいじん》アルベール・デュポンだ。二人《ふたり》に内密《ないみつ》な相談《そうだん》があって、ベルジェ神父《しんぷ》に労《ろう》をねがった。わが国《くに》の運命《うんめい》にもかかわる大事《だいじ》な相談《そうだん》である。くれぐれも心《こころ》して聞《き》くように」

外務大臣《がいむだいじん》の話《はなし》によると、となりの国《くに》の王《おう》さまから、この国《くに》の王《おう》さまにじきじきのたのみがあったというのです。それは、ポールとピルルにとなりの国《くに》の宮廷《きゅうてい》まで来《き》てもらいたいというたのみでした。

となりの国《くに》の王女《おうじょ》が重《おも》い病気《びょうき》になって苦《くる》しんでいます。王《おう》さまも王妃《おうひ》さまも心配《しんぱい》でなりません。

二人《ふたり》は王女《おうじょ》の病気《びょうき》を治《なお》そうとあらゆる手《て》だてをしましたが、はかばかしくいきません。ふと、王妃《おうひ》さまの頭《あたま》をかすめたものがあります。それはとなりの国《くに》が発行《はっこう》しているピルルの切手《きって》でした。王妃《おうひ》さまはピルルの切手《きって》を見《み》ていました。そして、そのいわれもおぼろげながら耳《みみ》にしていました。そこで、王女《おうじょ》にその歌《うた》を聞《き》かせてはと思《おも》ったのです。

となりの国《くに》からその願《ねが》いを持《も》った使《つか》いが、ひそかにポールの国《くに》の王《おう》さまをおとずれました。願《ねが》いを聞《き》き入《い》れてくれれば、これからは戦《いくさ》をしかけることはしないだろう。万一《まんいち》、願《ねが》いが聞《き》き入《い》れられないときは、それなりの覚悟《かくご》をするように。という条件《じょうけん》が示《しめ》されました。戦《いくさ》に勝《か》った国《くに》は、いつも身勝手《みがって》なことをいいがちです。よわい国《くに》は、いつも危険《きけん》にさらされてきました。

王《おう》さまは深《ふか》くこころを痛《いた》めました。これ以上国民《いじょうこくみん》を戦場《せんじょう》で死《し》なせたり、負傷《ふしょう》させてはならない。なんとしてでも戦《いくさ》はさけたい。そこで、大臣《だいじん》たちと相談《そうだん》して、国《くに》のためにポールとピルルにひとはたらきをしてもらいたい。そういうことになったのでした。

すこし前《まえ》までは敵《てき》だった国《くに》からのたのみです。ダニエルじいさんは、戦争《せんそう》で失《うしな》った息子《むすこ》ジャンと孫《まご》のフィリップのことがこころに浮《う》かびました。あの二人《ふたり》さえ元気《げんき》でいたら、私《わたし》たちの家《いえ》は農家《のうか》としてりっぱにやっていけたのに。働《はたら》き手《て》を二人《ふたり》もうばった戦《いくさ》が、にくくないはずはありません。そのためにポールは父《ちち》と兄《あに》がいないさびしさを、山羊《やぎ》やピルルでまぎらわしているのです。また、母《はは》のクリスティーヌは、夫《おっと》と息子《むすこ》をうばわれてどんなに苦労《くろう》をしているか。そういう思《おも》いがいちどにこみ上《あ》げてきて、おじいさんは悲《かな》しみに沈《しず》みました。その相手《あいて》の国《くに》にポールとピルルを差《さ》し出《だ》すなんて。

村長《そんちょう》は、その様子《ようす》を見《み》て黙《だま》ってしまいました。おじいさんはふかいため息《いき》をつきました。じっと見《み》ていた神父《しんぷ》さまと外務大臣《がいむだいじん》は、顔《かお》を見《み》あわせています。

「ランパルさん、お国《くに》のためですぞ」

やっと村長《そんちょう》が声《こえ》をかけました。

「わかっています、村長《そんちょう》さん。わたしは、お国《くに》のために、もう息子《むすこ》と孫《まご》と、二人《ふたり》も捧《ささ》げているんです。このうえポールまでも、というのですか」

「しかし、ランパルさん。もしことわればまた戦《いくさ》がしかけられ、もっと多《おお》くの国民《こくみん》が犠牲《ぎせい》になりますぞ。そのうえ土地《とち》もうばわれる」

おじいさんは神父《しんぷ》さまにたずねました。

「もしも、その王女《おうじょ》の病《やまい》がよくならなかったときはどうなるのです。ポールとピルルは殺《ころ》されるのではありませんか？」

「私《わたし》から答《こた》えよう」

外務大臣《がいむだいじん》がいいました。

「そのことは使者《ししゃ》によく伝《つた》えた。なにしろ小鳥《ことり》のことだ。よい歌《うた》がうたえるかどうかわからない。そして飼《か》い主《ぬし》は少年《しょうねん》だ。またもし、うまくうたえたとして、王女《おうじょ》の病気《びょうき》がよくなるかどうか、保証《ほしょう》はなにもないのです。そう伝《つた》えてある」

「で、それでもよいといわれるのですか？」

「よいということであった。王女《おうじょ》がピルルという小鳥《ことり》に会《あ》えれば、それだけでもうれしいと、隣国《りんごく》の王妃《おうひ》はおっしゃっているそうだ」

「神《かみ》さまに祈《いの》りましょう。ポールとピルルが、この願《ねが》いをかなえてくれることを。そして、けっして戦《いくさ》などにならないようにということを」

神父《しんぷ》さまはみんなの顔《かお》を見《み》まわして、そういいました。そして、

「ポールとピルルは、歌《うた》の芸《げい》を見《み》せたり、聞《き》かせるために行《い》くのではない。私《わたし》たちの国《くに》の平和《へいわ》の使《つか》いとして行《い》くのです」

そうか、平和《へいわ》の使《つか》いなんだ。そのことばは、おじいさんの胸《むね》にひびきました。外《がい》務《む》大臣《だいじん》もふかくうなずきました。

「私《わたし》たちの国《くに》を救《すく》ってくれ、ランパル」

二人《ふたり》は、目立《めだ》たないようにべつべつに村《むら》に帰《かえ》りました。おじいさんは、家《いえ》にもどると家族《かぞく》を集《あつ》めてこの話《はなし》をしました。

みんな、ため息《いき》をつきました。しばらくして、お母《かあ》さんがいいました。

「わたし、賛成《さんせい》します。もう戦《いくさ》だけはしてほしくないの。戦《いくさ》のために家族《かぞく》が死《し》ぬなんてことを、ぜひなくしてほしい。どうか、となりの国《くに》と戦《いくさ》のない関係《かんけい》をつくってほしい。ポール。おまえ、勇気《ゆうき》をだしてその使《つか》いをしなさい」

おばあさんのマリーも賛成《さんせい》しました。

「そうだよ。そうしておくれ、ポール。そうなれば、お父《とう》さんも兄《にい》さんも、お墓《はか》のなかで、いえ天国《てんごく》で、きっとよろこんでくれるよ。それに、死《し》んだのは私《わたし》たちの息《むす》子《こ》や孫《まご》だけではない。となりの国《くに》の若《わか》ものたちや父親《ちちおや》も死《し》んでいるんだよ」

ポールはお父《とう》さんと兄《にい》さんのことを思《おも》いました。くやしくて悲《かな》しい思《おも》いでいっぱいです。でも神父《しんぷ》さまのいうように、もし自分《じぶん》が平和《へいわ》のためにお使《つか》いをすることができたら、お父《とう》さんも兄《にい》さんもよろこんでくれるかも知《し》れない。
ポールはピルルを籠《かご》から出《だ》して手《て》の上《うえ》にのせて、からだを静《しず》かになでました。

9

つぎの日《ひ》、村長《そんちょう》は神父《しんぷ》さまにランパル家《け》が、王《おう》さまのたのみを承知《しょうち》したことを伝《つた》えました。

ポールは林《はやし》にでかけました。犬《いぬ》のジョワジョワがしっぽを振《ふ》って前《まえ》を走《はし》っていきます。ひさしぶりに友《とも》だちのルイもいっしょです。いつものようにピルルの籠《かご》を枝《えだ》にかけて、ルイと二人《ふたり》でくぬぎの切《き》り株《かぶ》に腰《こし》をおろしました。そして、ルイに神父《しんぷ》さまからあった話《はなし》をしました。

「ぼく、やってみるよ」

「うん、ポール。きっとうまくいくよ。ぼく、祈《いの》っているよ」

「ありがとう、ルイ。でも、たのみがあるんだ。ぼくたちがるすの間《あいだ》、山羊《やぎ》の世話《せわ》を手伝《てつだ》ってくれないか。おじいさんとお母《かあ》さんも、いっしょに行《い》くことになりそうなんだ」

「わかった。まかしておけよ。山羊《やぎ》の世話《せわ》ならぼくだってやっているから、だいじょうぶ。でも農作業《のうさぎょう》はどうするんだい」

「おじいさんだけは、なるべく早《はや》く村《むら》にもどるっていっているんだけど」

つぎの日《ひ》も、ポールは林《はやし》にいきました。お気《き》に入《い》りの切《き》り株《かぶ》に腰《こし》をおろし、笛《ふえ》を吹《ふ》き、ピルルと話《はなし》をしました。笛《ふえ》を吹《ふ》いていると、こんなことばが浮《う》かんできました。

ことりたちは　そらをとぶ
はるがくれば　かわもこえる
どうしてひとは　とべないの
どうしてくにには　さかいがあるの

みんなでつくれば　みんなのまちに
なかよくつくれば　ふるさとになる

手《て》に手《て》をとって　ごあいさつ
手《て》のぬくもりが　つたわるよ
かおとかおで　むきあって
ぼくがにっこり　きみもにっこり
ほんとはみんな　なかよくしたい
こどもとこども　手《て》をつなごう

ピルルはことばに合《あ》わせるようにうたいます。これまでとは、またちがった歌《うた》ができました。亡《な》くなったお父《とう》さんと兄《にい》さんが肩《かた》に手《て》をかけてくれている。ポールは、ふとそんな気《き》がしました。ポールはこの詩《し》と歌《うた》を、となりの国《くに》の王女《おうじょ》さまに聞《き》いてもらおうと思《おも》いました。自分《じぶん》の気持《きも》ちを正直《しょうじき》につたえようと思《おも》いました。

ポールの国《くに》ととなりの国《くに》のさかいを流《なが》れる川《かわ》は、あるところで二手《ふたて》にわかれ島《しま》をつくっています。その島《しま》と川岸《かわぎし》のあたりは、だれもが住《す》みたくなるようなよい土地《とち》でした。それだけにその土地《とち》は、むかしからいくども奪《うば》い合《あ》いがつづいていました。お父《とう》さんが傷《きず》ついた戦《いくさ》も、その土地《とち》をめぐる争《あらそ》いが原因《げんいん》だったのです。フィリップ兄《にい》さんが戦死《せんし》した戦《いくさ》も、その争《あらそ》いのつづきでした。いまは、その島《しま》もまわりの土地《とち》もとなりの国《くに》のものになっています。

そのようないきさつのあった土地《とち》なので、そのあたりに住《す》む人《ひと》びとは、二《ふた》つの国《くに》の人《ひと》がまじり合《あ》っています。ことばも二《ふた》つの国《くに》のものが入《い》りまじり、人《ひと》びとは二《ふた》つのことばを使《つか》いながら暮《く》らしていました。町《まち》の名前《なまえ》も二《ふた》つの国《くに》のことばが入《い》り乱《みだ》れています。いつ、どちらの国《くに》のものになっても暮《く》らしに困《こま》らないように、住《す》んでいる人《ひと》たちが考《かんが》えたことなのでしょうか。

となりの国《くに》は戦《いくさ》には勝《か》ちましたが、しばらくすると王女《おうじょ》が病気《びょうき》になってしまいました。王《おう》さまも王妃《おうひ》さまも心配《しんぱい》でなりません。王女《おうじょ》を思《おも》うときは、王《おう》さまは王《おう》ではなくひとりの父親《ちちおや》の気持《きも》ちになっていました。王妃《おうひ》さまはそれ以上《いじょう》に、母親《ははおや》の気持《きも》ちでこころを痛《いた》めていました。

となりの国《くに》の王《おう》さまには王子《おうじ》がいません。たったひとりの王女《おうじょ》は、王位《おうい》をつぐ大《たい》切《せつ》なお姫《ひめ》さまです。よいおむこさんを迎《むか》えて王子《おうじ》を生《う》まなければ、王《おう》さまのあとつぎがとだえてしまいます。はやく元気《げんき》になってもらいたい。それは王《おう》さまの家族《かぞく》だけでなく、その国《くに》のだれもが願《ねが》っていることでした。

となりの国《くに》のお城《しろ》は、ポールの国《くに》のお城《しろ》よりももっとりっぱなものでした。両方《りょうほう》の国《くに》の大臣《だいじん》に連《つ》れられて広間《ひろま》に入《はい》りました。ポールたちは、あまりの豪華《ごうか》な広間《ひろま》に驚《おどろ》きました。とくにお母《かあ》さんは、このように華《はな》やかな宮殿《きゅうでん》のなかに入《はい》るのははじめてのことなので、それはそれは大《おお》きな驚《おどろ》きでした。

かわいそうなプリンセス、みんなに見《み》られて、うわさをされて、国《くに》の世継《よつ》ぎという重《おも》い責任《せきにん》をおわされて。さぞかし、こころは疲《つか》れてしまうでしょう。私《わたし》だって病気《びょうき》になるわ。お母《かあ》さんはそう思《おも》いました。

広間《ひろま》にはほかの大臣《だいじん》や役人《やくにん》や軍人《ぐんじん》たちが、おおぜい並《なら》んでいます。ラッパが鳴《な》って、王《おう》さまと王妃《おうひ》さまがおくの部屋《へや》から広間《ひろま》に入《はい》ってきました。段《だん》の上《うえ》のりっぱな椅子《いす》にすわりました。

となりの国《くに》の外務大臣《がいむだいじん》が、ポールの国《くに》の外務大臣《がいむだいじん》を紹介《しょうかい》します。外務大臣《がいむだいじん》アルベール・デュポンはうやうやしく王《おう》さまの前《まえ》に進《すす》み出《で》て、あいさつをしました。

「ここにつつしんで、わが国王《こくおう》からの親書《しんしょ》をおとどけいたします。わが国王《こくおう》が王女《おうじょ》さまのご快癒《かいゆ》とお国《くに》のご繁栄《はんえい》をこころからお祈《いの》り申《もう》しあげておりますことを、お伝《つた》え申《もう》しあげます」

王《おう》さまは軽《かる》くうなずきます。それを見《み》て、デュポンは後《うし》ろにひかえているポールたちを紹介《しょうかい》しました。

「陛下《へいか》、これなる小鳥《ことり》が、わが国《くに》の切手《きって》になり、王妃《おうひ》さまのお目《め》にとまりましたピルルでございます。そして、この子《こ》がピルルの飼《か》い主《ぬし》ポール・ランパルでございます。こちらは、その母親《ははおや》クリスティーヌと、祖父《そふ》ダニエルでございます。お役《やく》に立《た》てますことをこころから願《ねが》っておりますが……」

外務大臣《がいむだいじん》の声《こえ》がとぎれそうになりました。

「どうされた、デュポンどの？」

となりの国《くに》の外務大臣《がいむだいじん》が小声《こごえ》でたずねました。

「お役《やく》に立《た》てますことを、こころから願《ねが》っておりますが……、なにぶんにも幼《おさな》い少《しょう》年《ねん》と小鳥《ことり》のことでございます。ご寛容《かんよう》をお願《ねが》い申《もう》しあげる次第《しだい》でございます」

王《おう》さまはうなずきました。そして、三人《さんにん》を見《み》て、ポールに声《こえ》をかけました。

「ポール・ランパルか。よく来《き》てくれた。王女《おうじょ》の病《やまい》がよくなるように、しばらく滞《たい》在《ざい》してくれ」

ポールとお母《かあ》さんとおじいさんは、ふかく頭《あたま》をさげました。

「全快《ぜんかい》のあかつきには、望《のぞ》みのものをとらせよう。この王《おう》が約束《やくそく》する。あとは、王《おう》妃《ひ》と相談《そうだん》するがよい」

いよいよポールの責任《せきにん》は重《おも》い。お母《かあ》さんもおじいさんも、胸《むね》が重《おも》くるしくなりました。三人《さんにん》は、王女《おうじょ》さまが暮《く》らしている館《やかた》に案内《あんない》され、そこに泊《と》まって王女《おうじょ》さまにピルルの歌《うた》を聞《き》かせることになりました。


お母《かあ》さんのクリスティーヌは窓《まど》から庭《にわ》を見《み》ているうちに、ひとつの考《かんが》えが浮《う》かびました。だれも見《み》ていないお庭《にわ》の茂《しげ》みで、王女《おうじょ》さまとポールの二人《ふたり》だけでためしてみてはどうかしら。そうすればきっと、ピルルもいい歌《うた》がうたえるでしょう。王女《おうじょ》さまもピルルも、こころがほぐれていくでしょう。ダニエルじいさんも、もちろん賛成《さんせい》です。そのことを王妃《おうひ》さまに申《もう》しあげました。

「私《わたし》もいないほうがよいのですか」

と王妃《おうひ》さま。

「はい、おそれながら。二日目《ふつかめ》からは、どうぞそのように……」

とお母《かあ》さんが答《こた》えます。

「いいえ、遠慮《えんりょ》してはなりません。おまえたちがいちばんよいと思《おも》う方法《ほうほう》でするがよい。王女《おうじょ》の病気《びょうき》を治《なお》すことだけを考《かんが》えるのです」

さっそく三人《さんにん》はお庭《にわ》を案内《あんない》してもらいました。すると花壇《かだん》の先《さき》の池《いけ》をまわった先《さき》に、林《はやし》がありました。中《なか》のほうは、すこし小高《こだか》くなっています。ポールが声《こえ》をあげました。

「あ、あそこがいいよ、お母《かあ》さん」

籠《かご》のなかのピルルも落《お》ちついています。林《はやし》の様子《ようす》が気《き》に入《い》ったのでしょう。いつもポールが林《はやし》につれていくときと同《おな》じようです。

おじいさんは、お母《かあ》さんがよい場所《ばしょ》を見《み》つけ、ポールもピルルもその気《き》になった様子《ようす》を見《み》て安心《あんしん》しました。そして、ひとあしさきに村《むら》に帰《かえ》ることにしました。畑仕《はたけし》事《ごと》がたくさんあるうえ、おばあさんがひとりでるすばんをしていましたから。

つぎの日《ひ》の朝《あさ》はやく、ポールはピルルの籠《かご》をさげて庭《にわ》に出《で》ました。池《いけ》の先《さき》の小《ちい》さな林《はやし》に入《はい》ると、枝《えだ》に籠《かご》を吊《つ》りさげました。そして、腰《こし》から笛《ふえ》をとりだして、いつものように吹《ふ》きはじめます。やがて、ピルルはその笛《ふえ》に合《あ》わせてうたいはじめました。軽《かろ》やかに、ささやくような笛《ふえ》とピルルの鳴《な》き声《ごえ》がながれてきました。

王女《おうじょ》さまは王妃《おうひ》さまにつれられて、その声《こえ》のする方《ほう》にゆっくり歩《ある》いていきます。家来《けらい》たちに目立《めだ》たないように、村《むら》の人《ひと》が着《き》るようなしっそな服《ふく》を着《き》ています。ちょっと見《み》ただけでは、だれも王妃《おうひ》さまや王女《おうじょ》さまとは気《き》がつかないでしょう。

そしてポールとピルルがうたっている小《ちい》さな林《はやし》に近《ちか》づきました。これまで、いちども入《はい》ったことのない林《はやし》の中《なか》です。いつも散歩《さんぽ》にはお供《とも》がついていて、すこしでも危《あぶ》なそうなところには、ぜったいに近《ちか》づくことができなかったのです。王女《おうじょ》さまと王妃《おうひ》さまは、はじめて自分《じぶん》の靴《くつ》の下《した》で、小《ちい》さな枯《か》れ枝《えだ》がポキポキと折《お》れて鳴《な》るのを聞《き》いて驚《おどろ》きました。

「まあ、私《わたし》たちの靴《くつ》がこんな音《おと》を立《た》てて」

「私《わたし》たち、なにかいけないことをしたのではなくて？」

そういいながら、二人《ふたり》はうれしそうに顔《かお》を見《み》あわせました。めずらしいことです。ちょっとだけ、王女《おうじょ》さまに明《あか》るい表情《ひょうじょう》がかすめました。二人《ふたり》は、しだいに笛《ふえ》とピルルのさえずりのする方《ほう》に近《ちか》づきます。小枝《こえだ》を分《わ》け、草《くさ》をふんで近《ちか》づきます。

ポールは、二人《ふたり》がすぐ近《ちか》くまで来《き》ているのを感《かん》じましたが、笛《ふえ》を吹《ふ》きつづけました。ピルルも気持《きも》ちよくうたっています。ポールは笛《ふえ》を吹《ふ》きながら、頭《あたま》をさげて二人《ふたり》にあいさつをしました。王妃《おうひ》さまと王女《おうじょ》さまも会釈《えしゃく》をかえします。

王妃《おうひ》さまは肩《かた》かけをとって、草《くさ》の上《うえ》にひろげ、そこに王女《おうじょ》さまとすわりました。お尻《しり》の下《した》で、また小枝《こえだ》がポキポキと折《お》れる音《おと》がしました。王女《おうじょ》さまは思《おも》わず、腰《こし》を持《も》ち上《あ》げました。

「まあ、エリーゼったら」

王妃《おうひ》さまはそれを見《み》て笑《わら》いました。王女《おうじょ》さまも、思《おも》わず笑《わら》って声《こえ》をあげました。

ポールはなんだかとてもうれしくなって、ますます気持《きも》ちよく笛《ふえ》を吹《ふ》き、ピルルもそれに合《あ》わせるようにうたいつづけました。

王女《おうじょ》さまは小鳥《ことり》の歌《うた》を聞《き》きながら、めずらしいものを見《み》るような顔《かお》でポールを見《み》たり、まわりを見《み》まわしたりしています。見上《みあ》げると、青《あお》い空《そら》にうかんだ白《しろ》い雲《くも》が、木《き》の枝《えだ》のあいだをゆっくり動《うご》いていきます。ときどきそよ風《かぜ》が吹《ふ》いてきて、二人《ふたり》の髪《かみ》の毛《け》をなでていきます。

草《くさ》の上《うえ》を小《ちい》さな虫《むし》がせわしげに動《うご》いています。枯《か》れた小枝《こえだ》の先《さき》で軽《かる》くつつくと、びっくりした虫《むし》はいそいで逃《に》げていきました。二人《ふたり》は、顔《かお》を見《み》あわせてにっこりしました。そして、これまで知《し》らなかったくつろいだ気持《きも》ちになりました。

王妃《おうひ》さまと王女《おうじょ》さまがお部屋《へや》にもどってくると、お母《かあ》さんのクリスティーヌは、あたたかいティユール茶《ちゃ》と手作《てづく》りのパイを用意《ようい》していました。疲《つか》れた気持《きも》ちをしずめるティユール茶《ちゃ》を、家《いえ》から持《も》ってきていたのです。パイにはからだによいシェーブルを入《い》れました。これもクリスティーヌとおばあさんのマリーが自分《じぶん》たちでつくった山羊《やぎ》のチーズです。

「まあ、おいしいパイだこと」

「田舎風《いなかふう》の、からだによいパイでございますよ、王女《おうじょ》さま」

「それに、気分《きぶん》がやすまること、このお茶《ちゃ》。なんというお茶《ちゃ》?」

王妃《おうひ》さまがたずねます。クリスティーヌは、

「ティユール茶《ちゃ》でございます、王妃《おうひ》さま。わたくしどもの家《いえ》の裏《うら》にあるティユール、セイヨウボダイジュの木《き》の花《はな》と葉《は》で、ポールの祖母《そぼ》とわたくしがつくりました」

「そうですか。おだやかな風味《ふうみ》で、からだにもよさそうですね」

「はい、夜《よる》おやすみの前《まえ》にもお飲《の》みになりますと、よくお眠《ねむ》りになれると存《ぞん》じま

す」

「そうですか。それはよいことを聞《き》きました」

「王妃《おうひ》さま。お国《くに》にもこの木《き》はございますよ。たしか、リンデンバウムというのではないでしょうか」

「まあ、リンデンバウム。それならわたくし、知《し》っていてよ」

と王女《おうじょ》さまがいいました。

「小《ちい》さな黄色《きいろ》い花《はな》が咲《さ》くのでしょう」

「はい、王女《おうじょ》さま。香《かお》りもようございます」

「村《むら》の娘《むすめ》たちが『愛《あい》の木《き》』だといっている木《き》のことかしら」

と王妃《おうひ》さま。

「お城《しろ》のお庭《にわ》にもお植《う》えになられてはいかがでしょうか」

「そうですね。しばらくこのお茶《ちゃ》をいただくことにしましょう。王女《おうじょ》のからだによいようなら、王《おう》さまにお願《ねが》いしてみましょう」

二人《ふたり》は、林《はやし》の散歩《さんぽ》が気《き》に入《い》りました。そして、このお茶《ちゃ》とパイもたいそう気《き》に入《い》りました。

つぎの日《ひ》、王妃《おうひ》さまは王女《おうじょ》さまを林《はやし》に残《のこ》してお部屋《へや》にもどりました。とても心配《しんぱい》でしたが、クリスティーヌのいうとおりにしてみようと思《おも》ったのです。王女《おうじょ》さまはひとりで林《はやし》に入《はい》っていきました。

そのつぎの日《ひ》は、王女《おうじょ》さまはもう王妃《おうひ》さまの見送《みおく》りなしに、ひとりででかけます。ポールの笛《ふえ》を聞《き》き、ピルルの歌《うた》を聞《き》いてお部屋《へや》にもどると、クリスティーヌが用意《ようい》したパイやキッシュ、そしてお茶《ちゃ》をいただきます。

ポールは小《ちい》さな花《はな》を見《み》つけて王女《おうじょ》さまにつんであげます。草《くさ》の名前《なまえ》を教《おし》えてあげます。枯《か》れ葉《は》を手《て》のひらにのせて、その匂《にお》いを嗅《か》がせてもあげました。

「林《はやし》の匂《にお》いです、王女《おうじょ》さま。みんな生《い》きものです。ぼくもピルルも、林《はやし》に来《く》ると、木《き》や草《くさ》や虫《むし》とおなじなかまになるんです」

「だからピルルはうたいたくなるのね」

「はい」

「生《い》きているとがうれしいのね、きっと」

ポールは、林《はやし》の楽《たの》しみをおじいさんや、お父《とう》さんや、兄《にい》さんが教《おし》えてくれたことを話《はな》しました。王女《おうじょ》さまは林《はやし》にいくのがますます楽《たの》しみになりました。


こうした日《ひ》がくりかえされていくうちに、王女《おうじょ》さまは顔《かお》の色《いろ》もよくなり、元気《げんき》をとりもどしていくようでした。そして、お母《かあ》さんのクリスティーヌと王妃《おうひ》さまは、日《ひ》ごとにうち解《と》けたあいだがらになっていきました。ひとりは娘《むすめ》をもつ母《はは》、ひとりは息子《むすこ》をもつ母《はは》。そういう立場《たちば》が二人《ふたり》の気持《きも》ちを近《ちか》づけたのでしょうか。


王妃《おうひ》さまはある日《ひ》、クリスティーヌにたずねました。

「クリスティーヌ、あなたは夫《おっと》と息子《むすこ》を戦争《せんそう》で失《うしな》ったと聞《き》きましたが、それはほんとうですか」

「はい」

お母《かあ》さんのクリスティーヌは、息子《むすこ》フィリップと夫《おっと》ジャンのことを静《しず》かに話《はな》しました。

「そうでしたか……。戦《いくさ》は無惨《むざん》ね、ほんとうに。どうしたら、おたがいに戦《いくさ》を止《や》めることができるのでしょうね。王女《おうじょ》ひとりの病気《びょうき》のために、こうして王《おう》も私《わたし》も悩《なや》んでいます。まして戦《いくさ》は、もっともっとたくさんの人《ひと》に嘆《なげ》きを与《あた》える。ほんとうは、あってはいけないものですね」

王妃《おうひ》さまはふかいため息《いき》をつきました。

クリスティーヌは勇気《ゆうき》をふるっていいました。

「戦《いくさ》でいちばん悲《かな》しい思《おも》いをするのは、女《おんな》たちと子《こ》どもたちでございます」

「そうね。私《わたし》の国《くに》でも戦死《せんし》したり傷《きず》ついたりした家《いえ》の家族《かぞく》を、どのように助《たす》けるかが問題《もんだい》になっています」

王妃《おうひ》さまも顔《かお》をくもらせました。クリスティーヌはことばをつづけました。

「ほんとうの気持《きも》ちを申《もう》しあげます。ポールは、はじめお国《くに》でピルルにうたわせることをいやがりました。父親《ちちおや》と兄《あに》を戦争《せんそう》で失《うしな》った子《こ》どもにとって、お国《くに》が好《す》きになれなかったのです。けれども、わたくしたちはポールに、こんどのことは二《ふた》つの国《くに》が平和《へいわ》なあいだがらになるための使《つか》いになるかもしれない。そう、いい聞《き》かせました」

「平和《へいわ》の使《つか》い？」

「はい。それに王女《おうじょ》さまは戦《いくさ》には関係《かんけい》のないお方《かた》です。戦《いくさ》を考《かんが》えるのは、いつも男《おとこ》の人《ひと》たちです。病気《びょうき》で苦《くる》しんでおいでの女《おんな》の人《ひと》をほうっておいてよいの？　と、わたくしはいいました。そしてポールは、承知《しょうち》しました。自分《じぶん》の役目《やくめ》がどんなに大切《たいせつ》なことかが、あの子《こ》なりにわかったのだと思《おも》います」

「まあ、そうであったか」

「どうぞ、王妃《おうひ》さまからもわたくしたちのほんとうの願《ねが》いを、王《おう》さまにおとりなしてくださいませ。二《ふた》つの国《くに》の人《ひと》びとがなかよくなって、自由《じゆう》に川《かわ》をこえて往《い》き来《き》できるようになったら、どんなによいでしょう」

「そうですね。それには王女《おうじょ》が元気《げんき》をとりもどすことが大切《たいせつ》です」

「はい。わかっております。ポールは、あの子《こ》はいっしょうけんめいに努《つと》めております」

お母《かあ》さんは胸《むね》の思《おも》いを、一気《いっき》に王妃《おうひ》さまに申《もう》しあげてしまいました。王妃《おうひ》さまはうなずきながら聞《き》いていましたが、

「クリスティーヌ、あなたは王女《おうじょ》がほんとうによくなると思《おも》いますか」

王妃《おうひ》さまはしんけんな顔《かお》つきで、クリスティーヌの顔《かお》をのぞき込《こ》むようにたずねました。

「はい、王妃《おうひ》さま。かたく信《しん》じることでございます。希望《きぼう》をおもちくださいませ。きっとかないます」

そして、クリスティーヌは「希望《きぼう》のささやき」という歌《うた》を思《おも》い出《だ》して、王妃《おうひ》さま

にうたって聞《き》かせました。それは、クリスティーヌのお母《かあ》さんから教《おそ》わった、ふるい歌《うた》でした。

空《そら》にひびくは　神《かみ》のみ声《こえ》か
思《おも》い悩《なや》める　胸《むね》にささやく
ゆめな忘《わす》れそ　高《たか》き望《のぞ》みを
悲《かな》しみ沈《しず》む　われにささやく
望《のぞみ》ある　その身《み》にぞ
世《よ》の幸《さち》　やがて生《う》まれん

夜《よる》のとばりは　近《ちか》く迫《せま》りて
暗《くら》き闇路《やみじ》に　こころ沈《しず》めど
仰《あお》ぐみ空《そら》に　星《ほし》は瞬《またた》き

遠《とお》き望《のぞ》みを　われにささやく
望《のぞみ》ある　その身《み》にぞ
世《よ》の幸《さち》　やがて生《う》まれん

その歌《うた》は、王妃《おうひ》さまのこころに深《ふか》くしみたようでした。

10

ある日《ひ》、ポールたちがいつもの林《はやし》でくつろいでいると、そこに男《おとこ》の人《ひと》がひとり近《ちか》づいてきました。庭《にわ》の手《て》入《い》れをする園丁《えんてい》のようです。帽子《ぼうし》をふかくかぶっています。その男《おとこ》は、ポールの笛《ふえ》とピルルの歌《うた》が聞《き》こえてくるところまでくると、立《た》ち止《ど》まりました。

それは王《おう》さまでした。ひそかに様子《ようす》を見《み》にきたのです。王《おう》さまは木《き》の幹《みき》にからだをかくして、耳《みみ》をすましします。そして、木《き》の枝《えだ》で顔《かお》をかくしながら、ポールたちの様子《ようす》をうかがっています。明《あか》るい顔《かお》を見《み》せることのなかったあの王女《おうじょ》さまが、いまはポールと話《はな》しながら声《こえ》をあげて笑《わら》ったりしています。

「おう、なんということだ。信《しん》じられないことが起《お》きておる」

王《おう》さまは目《め》をこすって、いくども様子《ようす》をうかがいました。あれほど名医《めいい》たちの力《ちから》をかり、薬《くすり》をつかい、神父《しんぷ》たちの祈《いの》りもつづけさせたのに、王女《おうじょ》はよくならなかったではないか。それが、どうだ。あの王女《おうじょ》の明《あか》るい声《こえ》の様子《ようす》は。とても病人《びょうにん》とは思《おも》えぬ。「奇跡《きせき》かもしれませぬ」と王妃《おうひ》が申《もう》していたのは、このことであったか。

「余《よ》のやり方《かた》は間違《まちが》っておったのか……」

王《おう》さまからため息《いき》のような、つぶやきがもれました。王《おう》さまの頭《あたま》の中《なか》はぐるぐるまわりはじめました。目《め》の前《まえ》のことと、これまでのことが結《むす》びつかないのです。すぐ近《ちか》くに、楽《たの》しげな声《こえ》をあげている自分《じぶん》の娘《むすめ》、王女《おうじょ》がいる。林《はやし》の中《なか》でその娘《むすめ》は、前《まえ》の戦《いくさ》でうち負《ま》かしたとなりの国《くに》のいなかの少年《しょうねん》と、明《あか》るく語《かた》りあっている。しかも、いなかの娘《むすめ》のような、そまつな服装《ふくそう》だ。その姿《すがた》で町《まち》を歩《ある》いていたら、だれも王女《おうじょ》とは気《き》づかないだろう。そして、林《はやし》の中《なか》で、ピルルという小鳥《ことり》の歌《うた》を楽《たの》しんでいる。静《しず》かに風《かぜ》が吹《ふ》いている。その風《かぜ》にのって聞《き》こえてくるのは、たしかに私《わたし》の娘《むすめ》の声《こえ》だ。あれは王女《おうじょ》だ。エリーゼだ。おお、私《わたし》のエリーゼ。

ああ、なんということであろう。あれこれ考《かんが》えると、王《おう》さまはわけがわからなくなるのでした。けれども、すぐ目《め》の前《まえ》に元気《げんき》になったエリーゼがいます。それだけで十分《じゅうぶん》です。そのことに気《き》がつくと、王《おう》さまはかくれていたことも忘《わす》れて、林《はやし》の中《なか》に入《はい》っていこうとしました。するとピルルが小《ちい》さな花《はな》を口《くち》にくわえて飛《と》んでいるのが見《み》えました。王《おう》さまは思《おも》わず立《た》ち止《ど》まり、また木《き》の陰《かげ》にかくれました。

ピルルは、小《ちい》さなむらさきいろの花《はな》をくわえて王女《おうじょ》さまとポールの頭《あたま》の上《うえ》を飛《と》んでいましたが、やがて王女《おうじょ》さまの肩《かた》にとまりました。そして、王女《おうじょ》さまに花《はな》をさし出《だ》すようなしぐさをしました。王女《おうじょ》さまはその小《ちい》さなむらさきいろの花《はな》を、ピルルからそっと受《う》け取《と》ると、首《くび》をかしげながら花《はな》を見《み》ます。そして、ポールの顔《かお》を笑顔《えがお》で見《み》ながら、その花《はな》を自分《じぶん》の髪《かみ》にさしました。

王《おう》さまはおどろきました。

「おう、なんと。あれは『花喰《はなく》い鳥《どり》』か」

王《おう》さまがおどろくのもむりはありません。そのむかし東洋《とうよう》のジャポンという国《くに》に、

『花喰い鳥《はなくどり》』と呼《よ》ばれる鳥《とり》がいたということを、伝《つた》え聞《き》いていたのです。その鳥《とり》は花《はな》をくわえて飛《と》ぶめずらしい鳥《とり》で、その花《はな》は幸《しあわ》せのしるしといい伝《つた》えられていたのでした。ピルルはその鳥《とり》なのでしょうか。

目《め》の前《まえ》でその光景《こうけい》を見《み》た王《おう》さまは、もうじっとしていられません。小枝《こえだ》をかきわけ、枯《か》れ枝《えだ》を踏《ふ》みながら、まっすぐ王女《おうじょ》さまのほうに向《む》かいます。

「エリーゼ！」

そう叫《さけ》ぶと、王《おう》さまは王女《おうじょ》さまを抱《だ》きしめました。

「まあ、お止《や》めなさい！　どなた？　ぶれいです！」

王女《おうじょ》さまは、あまりのことにびっくりして叫《さけ》びました。そして手《て》で相手《あいて》の顔《かお》をたたきました。

「エリーゼ、私《わたし》だ。王《おう》だ。いや、おまえの父《ちち》だ」

王女《おうじょ》さまは二度《にど》びっくりしてしまいました。まさか王《おう》さまが園丁《えんてい》の姿《すがた》をして現《あらわ》れようとは。それに、父《ちち》だ、ということばをはじめてきいたのです。いったいなにが起《お》きたのでしょう。

王《おう》さまは娘《むすめ》を抱《だ》きしめると、自《し》然《ぜん》に涙《なみだ》があふれてきました。これまで王《おう》さまの涙《なみだ》など見《み》たこともなかった王女《おうじょ》さまは、その涙《なみだ》を見《み》て胸《むね》がいっぱいになりました。そして自《じ》分《ぶん》も、あふれ出《で》てくる涙《なみだ》を拭《ぬぐ》おうともしません。王女《おうじょ》さまは、王《おう》さまがお父《とう》さんであることをはじめて感《かん》じて泣《な》いたのでした。

離《はな》れたところから、一《いち》部《ぶ》始《し》終《じゅう》を見《み》ていた女《おんな》の人《ひと》がいました。王《おう》妃《ひ》さまでした。王《おう》妃《ひ》さまもまた、農《のう》婦《ふ》の姿《すがた》でいたのです。

王《おう》はいつもの王《おう》ではなく一《ひと》人《り》の園《えん》丁《てい》の姿《すがた》ですし、王女《おうじょ》は農《のう》家《か》の娘《むすめ》の服《ふく》装《そう》です。知《し》らない人《ひと》が見《み》たら、とてもとても王《おう》家《け》の親《おや》子《こ》とは思《おも》えなかったでしょう。

こうして、王女《おうじょ》さまはすっかり元《げん》気《き》になりました。王《おう》さまは王《おう》妃《ひ》さまたちのはからいに深《ふか》く感《かん》謝《しゃ》しました。三《さん》人《にん》は、むつまじい家《か》族《ぞく》の和《なご》やかさをはじめて知《し》ったようです。その王家《おうけ》の様子《ようす》は、たちまちお城《しろ》で働《はたら》く人《ひと》たちに知《し》れわたりました。そして、国《くに》じゅうに広《ひろ》まっていきました。

ほどなく、王女《おうじょ》さまの全快《ぜんかい》を祝《いわ》う会《かい》がもよおされました。ポールはピルルの籠《かご》をさげ、お母《かあ》さんのクリスティーヌと並《なら》んでいます。ダニエルじいさんも招《まね》かれ、外《がい》務大臣《むだいじん》が付《つ》き添《そ》っています。

王《おう》さまと王妃《おうひ》さまのあいだに、王女《おうじょ》さまがいます。ポールを見《み》ると、そっとほほえみました。

王《おう》さまは、ランパル家《け》の三人《さんにん》にいいました。

「ランパル、そちたちのおかげで王女《おうじょ》はこのように快復《かいふく》した。よくぞ王女《おうじょ》を治《なお》してくれた。満足《まんぞく》じゃ。まことに満足《まんぞく》じゃ。礼《れい》をいうぞ。約束《やくそく》のとおり、望《のぞ》みのものを与《あた》えよう。なんなりと申《もう》せ」

すると、お母《かあ》さんのクリスティーヌは二《に》歩《ほ》、三歩《さんぽ》進《すす》み出《で》ました。ランパルじいさんは驚《おどろ》いて引《ひ》きとめようとしましたが、お母《かあ》さんはさらに一歩《いっぽ》前《まえ》に進《すす》みます。そして、広間《ひろま》のみんなを見《み》まわしながらいいました。

「皆《みな》さま。……死《し》んだ人《ひと》は、もう帰《かえ》ってこないのです」

広間《ひろま》をうめた人《ひと》びとは驚《おどろ》いてクリスティーヌを見《み》ました。とつぜん、この女《おんな》はなんということをいいだしたのだろう。みんなそう思《おも》ったのでしょう。クリスティーヌはつづけます。

「ですから、生《い》き残《のこ》った人《ひと》は、どのように生《い》きたらよいのでしょう。死《し》んだ人《ひと》は、もう考《かんが》えることができません。生《い》き残《のこ》った人《ひと》は、なにがわかればよいのでしょう。死《し》んだ人《ひと》は、もう嘆《なげ》くすべもありません。生《い》き残《のこ》った人《ひと》は、なにを嘆《なげ》けばよいのでしょう」

広間《ひろま》をうめた人《ひと》びとは、ますます驚《おどろ》いてお母《かあ》さんを見《み》つめます。広間《ひろま》はざわめいています。お母《かあ》さんのクリスティーヌは、こんどは王《おう》さまの方《ほう》を向《む》いてふかく頭《あたま》を下《さ》げてからいいました。

「陛下《へいか》。恐《おそ》れながら申《もう》しあげます。お国《くに》とわたくしたちの国《くに》は、いくどもいくども戦《いくさ》をしてまいりました。どれだけの血《ち》を、二《ふた》つの国《くに》の土地《とち》は吸《す》ったことでしょう。そのたびに、どれだけの女《おんな》が泣《な》き悲《かな》しみ、どれだけの子《こ》どもが父《ちち》や兄《あに》を失《うしな》ってつらい思《おも》いをしたことでしょう。

この子《こ》、ポールの母親《ははおや》としてお願《ねが》い申《もう》しあげます。もうこの子《こ》たちは、戦場《せんじょう》に行《い》かなくてすむようにしてくださいませ。わたくしたちの望《のぞ》みは一《ひと》つ、それは平和《へいわ》な暮《く》らしでございます。お国《くに》とわたくしたちの二《ふた》つの国《くに》から、戦《いくさ》と争《あらそ》いをのぞいてくださいませ。あの島《しま》や両岸《りょうぎし》の土地《とち》を、どうかもう奪《うば》い合《あ》うのをおやめくださいませ。どちらの民《たみ》もなかよく、安心《あんしん》して暮《く》らせるようにしていただきとうございます」

役人《やくにん》につづいて、兵士《へいし》がバラバラと出《で》てきました。

「発言《はつげん》をつつしめ。国王陛下《こくおうへいか》の前《まえ》であるぞ！」

「陛下《へいか》に向《む》かってなんということを」

広間《ひろま》は、さらにざわつき、騒然《そうぜん》となりました。すると、王妃《おうひ》さまが王《おう》さまの前《まえ》に進《すす》み出《で》ていいました。

「陛下《へいか》、あの母親《ははおや》のいうことをどうぞ最後《さいご》まで、お聞《き》きになってくださいませ」

王《おう》さまがうなずくのを見《み》て、将軍《しょうぐん》が兵士《へいし》と役人《やくにん》を下《さ》がらせました。

王妃《おうひ》さまがいいました。

「申《もう》すがよい、クリスティーヌ」

お母《かあ》さんのクリスティーヌは、勇気《ゆうき》をふるって王《おう》さまにいいました。

「ポールもピルルも川《かわ》をこえてお国《くに》にまいりました。小鳥《ことり》には、国境《こっきょう》というものはございません。自由《じゆう》に空《そら》が飛《と》べてこそ小鳥《ことり》です。わたくしたちも、小鳥《ことり》のようにおたがいに往《い》き来《き》ができたら、どんなにうれしいことでしょう。

ピルルとポールはそういう歌《うた》をうたいました。そして、王女《おうじょ》さまは元気《げんき》におなりになりました。どうぞこの子《こ》とピルルの歌《うた》の気持《きも》ちを、まつりごとに生《い》かしてくださいませ。もし、そのようになれば、亡《な》くなったり傷《きず》ついたお国《くに》の人《ひと》たちや、わたくしたち国民《こくみん》へのこのうえない贈《おく》り物《もの》になると信《しん》じます。恐《おそ》れながら、王女《おうじょ》さまもそれを望《のぞ》んでおいでのことと存《ぞん》じますが」

思《おも》いもかけない申《もう》し出《で》です。広間《ひろま》をうめるおおぜいの大臣《だいじん》、将軍《しょうぐん》、役人《やくにん》、神父《しんぷ》たちは、顔《かお》を見《み》あわせ小声《こごえ》で話《はな》し合《あ》っています。王《おう》さまは、はじめはとまどいましたが、クリスティーヌのしんけんな申《もう》し出《で》にこころを動《うご》かされたようです。

そして、健《すこ》やかになった王女《おうじょ》エリーゼの顔《かお》を見《み》ました。王女《おうじょ》の目《め》は「お願《ねが》いです、お父《とう》さま」といっているように思《おも》えました。となりの王妃《おうひ》の顔《かお》を見《み》ると「そうしてあげてくださいね」といっているようでした。王《おう》さまは、国王《こくおう》としての約束《やくそく》を守《まも》ろうと決心《けっしん》しました。

「わかった。クリスティーヌ、そちの申《もう》し出《で》を実現《じつげん》しよう」

広間《ひろま》はいっせいにざわめきました。

「陛下《へいか》。国家《こっか》の重大《じゅうだい》な決《き》めごとでございます。後《のち》ほどご協議《きょうぎ》を」

「相手《あいて》の国《くに》の策略《さくりゃく》かもしれませんぞ」

などと申《もう》し出《で》る大臣《だいじん》もいます。さすがにみんな、驚《おどろ》きをおさえられません。

「よいのだ。このものたちへの約束《やくそく》である。国王《こくおう》である余《よ》が決《き》めよう。川《かわ》をめぐる争《あらそ》いは、本日《ほんじつ》をもって終《お》え、島《しま》と川《かわ》の周辺《しゅうへん》を隣国《りんごく》と共同《きょうどう》の土地《とち》とする。土地《とち》の管理《かんり》も、両国《りょうこく》で知恵《ちえ》を出《だ》し合《あ》って行《おこな》うこととしよう。総理大臣《そうりだいじん》、ただちに法律《ほうりつ》をつくり実行《じっこう》にうつすがよい。隣国《りんごく》ともよく話《はな》し合《あ》うのだ」

広間《ひろま》はさらに騒然《そうぜん》となりました。その中《なか》で、ポールたち三人《さんにん》と外務大臣《がいむだいじん》は、ふかくふかくおじぎをしました。

王女《おうじょ》さまと王妃《おうひ》さまが拍手《はくしゅ》をすると、その拍手《はくしゅ》は広間《ひろま》ぜんぶに広《ひろ》がり、ながくこだましていました。

なん年《ねん》ものあいだ争《あらそ》ってきた領土《りょうど》の奪《うば》い合《あ》いは、これで解決《かいけつ》するのでしょうか。

ポールは、お母《かあ》さんとおじいさんにつれられて村《むら》にもどりました。となりの国《くに》の王女《おうじょ》さまの重《おも》い病気《びょうき》を治《なお》すために、こころもからだもせいいっぱいつかったので、とてもとても疲《つか》れました。いちばん疲《つか》れたのはピルルでした。

三人《さんにん》は、これからは静《しず》かに暮《く》らせることをねがっています。

季節《きせつ》はめぐります。その季節《きせつ》ごとに植物《しょくぶつ》は育《そだ》ち、花《はな》を咲《さ》かせ、やがて実《み》を結《むす》び、収穫《しゅうかく》の時《とき》が来《き》て、やがて枯《か》れます。すこしもとどまっていないのが、いのちです。そして、いのちには盛《さか》んになるときと、衰《おとろ》えるときがあります。めぐる季節《きせつ》のように、いのちもまためぐるのです。生《う》まれたものは、必《かなら》ず衰《おとろ》えるときがきます。

村《むら》に帰《かえ》ってきてからのピルルは、だんだんうたわなくなっていきました。ポールはいつものように、ピルルをお気《き》に入《い》りの林《はやし》につれていきます。ピルルに、なんとかして元気《げんき》になってもらいたいのです。けれど、ポールがどんなに笛《ふえ》を吹《ふ》いても、どんなに詩《し》を語《かた》りかけても、めったにうたわなくなりました。ポールをじっと見《み》つめるだけのピルルを見《み》るのは、ポールにはたえられないほど悲《かな》しいことでした。

「ごめんね、ピルル。おまえはきっと、疲《つか》れてしまったんだね。せいいっぱい、がんばったんだものね。ぼく、いけなかったのかな」

ポールは、自分《じぶん》がピルルといっしょにしてきたことをふり返《かえ》ると、切《せつ》ない思《おも》いになりました。

ある日《ひ》のこと、ピルルはめずらしくポールの笛《ふえ》にこたえて、ポールの頭《あたま》の上《うえ》にのってうたいました。とてもきれいな声《こえ》です。笛《ふえ》と小鳥《ことり》のさえずり、それはすてきなハーモニーになりました。どこか、遠《とお》いところから聞《き》こえてくるような音《おと》の調《しら》べでした。

めぐる　めぐる
きせつは　めぐる

めぐる　めぐる
いのちは　めぐる

めぐる　めぐる
ひかりは　めぐる
めぐる　めぐる
うたは　めぐる

そうして　ひとは
そうして　はなは
めぐり　めぐって
ふたたび　さいて

そうして　とりは
そうして　ひとは
めぐり　　めぐって
ふたたび　うまれ

ポールとピルルの音楽《おんがく》は、風《かぜ》にそよぐひとつのいのちのようでもありました。美《うつく》しい音楽《おんがく》が生《う》まれて消《き》えました。二人《ふたり》だけの音楽《おんがく》です。これまでに、なんども経験《けいけん》したことでしたが、きょうはとくべつ二人《ふたり》の息《いき》があって、美《うつく》しい音楽《おんがく》になっているように思《おも》えたのです。

木《こ》の葉《は》がさやさやと鳴《な》っています。その小枝《こえだ》にピルルを止《と》まらせました。おじいさんもおばあさんも、ピルルと同《おな》じようにあまり長《なが》くは、ぼくといっしょにいられないだろうと感《かん》じて、ポールは空《そら》を仰《あお》ぎました。

＊

二《ふた》つの国《くに》が争《あらそ》った島《しま》と川《かわ》の流域《りゅういき》は、二《ふた》つの国共通《くにきょうつう》の土地《とち》になりました。二《ふた》つの国《くに》のだれもが、住《す》むことができるようになったのです。

そして、これまで戦《いくさ》のたびに勝《か》った国《くに》の名前《なまえ》で呼《よ》ばれてきた島《しま》の名前《なまえ》は、土地《とち》に住《す》む人《ひと》みんなで相談《そうだん》して新《あたら》しくなりました。いろいろな名前《なまえ》の案《あん》が出《で》ましたが、ベルハイムという名《な》が選《えら》ばれました。二《ふた》つの国《くに》のことばを合《あ》わせてつくった「美《うつく》しい家《いえ》」ベルハイム Belleheim になったのです。けれどもその島《しま》を、ピルルにちなんで「ピルル島《とう》」と呼《よ》ぶ人《ひと》も少《すく》なくありません。島《しま》の中央広場《ちゅうおうひろば》には、ピルルとポールのかわいい銅像《どうぞう》が建《た》っています。

ピルル島《とう》と二《ふた》つの国《くに》を結《むす》ぶ二《ふた》つの橋《はし》も、新《あたら》しい名前《なまえ》にかわりました。

東側《ひがしがわ》の橋《はし》は東《ひがし》の国《くに》のことばで共生《きょうせい》を意味《いみ》するジンビオゼ橋《ばし》に、西側《にしがわ》の橋《はし》は西《にし》の国《くに》のことばで平和《へいわ》を意味《いみ》するラ・ペ橋《ばし》になりました。むかしからあった東《ひがし》のガブリエル橋《ばし》は、神《かみ》の意志《いし》を伝《つた》える天使《てんし》ガブリエルの名前《なまえ》をとったものでした。また西《にし》のロメン橋《ばし》は、古代《こだい》ローマ人《じん》の統治《とうち》のなごりをとどめたものだったのです。

橋《はし》は、つなぐことを表《あらわ》すシンボルです。わたすこと、通《つう》じることを示《しめ》すシンボルです。二《ふた》つの国《くに》ではそれぞれ、島《しま》と橋《はし》を描《えが》いたお札《さつ》がつくられました。そのお札《さつ》はなかなかできばえがよかったので、評判《ひょうばん》になりました。

こうして、ベルハイム島《とう》（ピルル島《とう》）には、二《ふた》つの国《くに》のあちこちからたくさんの人《ひと》が訪《たず》ねてきます。うわさは外国《がいこく》にも広《ひろ》まり、見知《みし》らぬ国《くに》からも多《おお》くの人《ひと》が訪《たず》ねてくるようになりました。いまではベルハイム島《とう》では、いつもいろいろな国《くに》のことばが交《か》わされています。そして両岸《りょうぎし》の地域《ちいき》も島《しま》のにぎわいのおかげで、栄《さか》えはじめました。

二《ふた》つの国《くに》の人《ひと》びとは新《あたら》しい考《かんが》えに目《め》ざめ、手《て》をとりあって暮《く》らしはじめたようです。やがて二《ふた》つの国《くに》は、二度《にど》と戦《いくさ》をしない仲良《なかよ》しのあいだがらになれるのでしょうか。

ベルハイム島《とう》のピルルとポールの銅像《どうぞう》の上《うえ》に、青《あお》い空《そら》が広《ひろ》がっています。そして、白《しろ》い雲《くも》が流《なが》れていきます。おや、小鳥《ことり》の影《かげ》がかすめていったようですが。

あとがき

私は小学生のころから地図を見るのが好きでした。地図帳をひらいて鉄道の線をたどったり、知らないなまえの町や村、山や川、海岸などをながめていくと、なんともいえず楽しくなるのでした。ここは、どんな町だろう。この海では、どんな魚がとれるのだろう。そんなことを思い描くとワクワクしたものです。

父が鉄道建設の仕事をしていたことも、関係があったのかもしれません。父はまだ鉄道が通っていない地域に、よく測量にでかけました。それが終わると設計と建設です。川には鉄橋をかけ、山にはトンネルを掘り、その鉄道はあちこちで曲がって走る単線のローカル線です。けれども、鉄道が通ると村や地域の人びとはとても喜んだと、父は話していました。私は、その建設現場の鉄道官舎で生まれました。

見て楽しむのは、やがて世界地図になりました。とくに魅力に思えたのはヨーロッパです。とりわけフランスとその周辺でした。しばしば、いろいろな鉄道の終点の町をたずねてみたいと夢みました。そんなある日、アルザスと呼ばれるライン川の西のあたりには、フランス語のなまえの町と、ドイツ語のなまえの町がまじっていることに気づきました。
ある時はフランスの、またある時はドイツの国だった。そしてフランス人が住んでいたり、ドイツ人が住んでいたり、両方の国の人びとがいっしょに生活していたり、という時代もあったのだろうか。地図を見ていると、いろいろのことが心にうかぶのです。

第二次世界大戦ではヨーロッパでも悲惨な戦いがつづき、多くの人が死んだり傷ついたり、家を失ったりしました。フランスは、ある時期ナチス・ドイツに占領されていたのでした。

戦後、フランスとドイツの指導者が中心になってヨーロッパの平和と安定を考え、一九九三年のマーストリヒト条約によって、欧州連合（EU）が誕生しました。戦争の悲劇から学び、人間の未来を希望あるものにしようという願いと意志から生まれたのだと思います。はじめ欧州連合には十二の国が加わり、いま二十五カ国が参加しています。そのEU議会は、アルザスの中心都市ストラスブールに置かれました。ストラスブールは、「街道の街」という意味だそうです。ドイツ語でよめば、シュトラスブルクとなるのでしょうか。

二〇〇二年一月から欧州連合では共通の通貨「ユーロ」が導入されました。そのお札には橋の絵が描かれています。互いに人が出会う橋。心を通わせる橋。ものや道具や気持ちをはこびあう橋。へだたりをなくす橋。あしたに架ける橋……。きっとそういう願いをこめたデザインなのでしょう。

＊

これは、私がはじめて書いたものがたりです。地図をながめながら、訪ねたこともないアルザスという地域を思い描いて書きました。もちろん創作ですから、現実ではありません。

また、ポールのことを書きながら、私は十二歳になる孫のことをしばしば思っていました。彼は親の赴任先のサウジアラビアで家族と暮らすうち、アメリカ人を狙った爆破事件の巻きぞえを受け、危ない思いをしたのです。窓が枠ごと吹き飛び、無数のガラスの破片が眠っていた彼と妹のベッドの上にたたきつけられたのでした。これからの子どもたちをめぐる環境は、いろいろな意味で難しく心が痛みます。

書きあがって、さてどういう編集者に読んでいただこうかと考えました。そして、お目にかかったこともなかった童話屋の田中和雄さんに、手紙を添えて送りました。幸いなことにすぐにご返事をいただき、このすばらしい編集者にお目にかかることができました。しかも、装幀と本文の絵を、田中さんがお親しい安野光雅さんにお願いしてくださいました。こうして、この本はできあがりました。田中和雄さんと奥さまの みらい なな さん、そして、すてきな装幀と絵を描いてくださった安野光雅さんに、心からお礼を申しあげます。

付 記

・作中の歌「希望のささやき」は、ホーソンという音楽家が作った歌曲です。日本音楽著作権協会でも調べていただきましたが、この日本語の訳詞者がどうしてもわかりませんでした。第二次世界大戦後の一九四六・四七年(昭和二十一・二十二年)ころ、私が疎開していた静岡市で当時の静岡県立静岡高等女学校女学生が愛唱していた歌です。記憶をたどって引用しましたが、歌詞の一部に不確かなところがあり残念に思っています。ご存知の方がおいででしたら、ぜひお教えいただきたく思います。

・一五六ページにあるクリスティーヌの言葉「死んだ人は、もう帰ってこないのです」以下は、故・渡辺一夫先生が訳されて『きけわたつみのこえ』(東大協同組合出版部刊)の序文に引用された、ジャン・タルデューの詩(詩集『詩人の栄光』の中の短詩)に感銘を受けアレンジしました。

(二〇〇五年八月二十八日)

朝倉 勇（あさくら いさむ）
1931 年生まれ。
1960 年、コピーライターとして広告制作会社ライトパブリシティに入社。「歴程」同人。詩集に『掟』（書肆ユリイカ）、『鳥の歌』（思潮社／第 4 回丸山豊記念現代詩賞受賞）、『田園スケッチ』（メディアファクトリー）、脇田和氏との詩画集『女のひとと鳥』（脇田和美術館）ほか。
日本ペンクラブ会員、日本現代詩人会会員、NPO PLANT A TREE PLANT LOVE 理事。
東京在住。

ポールと小鳥

二〇〇六年二月六日初版発行
著　者　朝倉勇
発行者　田中和雄
発行所　株式会社　童話屋
〒168-0063　東京都杉並区和泉三―二五―一
電話〇三―五三七六―六一五〇
製版・印刷・製本　株式会社　精興社
NDC九一三・一七六頁・四六判
落丁・乱丁本はおとりかえします。

ISBN4-88747-057-6